KB242602

환상 영화관

GENSOU EIGAKAN
©Asako HORIKAWA 2013

All rights reserved.
Original Japanese edition published by KODANSHA LTD.
Korean translation rights arranged with KODANSHA LTD.
through JM Contents Agency Co.

이 책의 한국어판 저작권은 JMCA를 통한 저작권자와의 독점계약으로 교보문고에 있습니다.
저작권법에 의하여 한국 내에서 보호를 받는 저작물이므로 무단전재와 무단복제를 금합니다.

____

본문 내 주석은 독자의 이해를 돕기 위해 옮긴이가 작성하였습니다.

환상 영화관

호리카와 아사코

김선영 옮김

차례

1 끝말잇기에서, 시작된다 • **7**

2 유령이 보여서 • **33**

3 외고모할머니와 게르마 전기관 • **67**

4 게르마 전기관의 업무 • **93**

5 스크린 저편에서 • **125**

6 영감 없는 유령…… • **165**

7 전원 집합 • **197**

8 대결 • **239**

9 수다쟁이, 이상형 • **281**

문고판 작가 후기 • **291**

1
끝말잇기에서, 시작되다

불우. 우매. 매사. 사기꾼.

……막혔어.

그날, 저 구스모토 스미레는 등굣길 전철 안에서 끝말잇기를 했습니다.

혼자 하는 끝말잇기니 끝나지 않을 것 같지만 생각처럼 쉽지 않습니다.

무릎 위에 얹은 체육복과 교과서, 도시락을 넣은 백팩이 조금 무거웠습니다.

교복 소매 사이로 살짝 보이는 시계는 11시를 가리키고 있었습니다.

지각입니다. 수업은 벌써 시작되었습니다.

맞은편 자리에서는 대학생 남녀가 아까부터 계속 수다를 떨고 있었습니다.

어딘가 불안한 표정으로, 하지만 즐거운 목소리로.

"그게 엄청 따분한 영화라, 보는 사람은 반드시 존다는 거야. 게다가 모두 똑같은 꿈을 꾼대. 산꼭대기에 우체국이 있고, 그 뒤편이 멋진 꽃밭이라나. 다들 '아름다워, 훌륭해'라고 떠드는 거지. 그때 갑자기 잔뜩 화가 난 폭탄 머리 아저씨가 등장하는 거야. 어? 폭탄 머리가 아니라 펀치 파마였나?"

"폭탄 머리하고 펀치 파마면 확실히 구별하기 어렵겠네."

"그 펀치 파마 아저씨가 '돌아가! 넌 이 정원을 볼 자격이 없어!', '넌 죽으면 지옥에 갈 상이네'라고 한대."

"그 영화를 보는 사람들은 다들 선잠을 자고, 모두 똑같은 폭탄 머리 아저씨 꿈을 꾸는 걸까?"

"조금 무섭지? 아마 폭탄 머리가 아니라 펀치 파마겠지만."

"모두 선잠을 자고 같은 꿈을 꿨다는 걸 어떻게 알아? 일일이 물어봤대?"

“그거야 도시 전설이니까.”

반쯤 열린 창문으로 배추흰나비가 들어와 대학생들 주변을 맴돌다 손잡이 사이로 빠져나갔습니다.

나비의 희미한 날갯짓이 철도 특유의 기계 냄새와 아침 승객들의 아련한 훈김을 살짝 흩뜨렸습니다.

나비는 백발 신사 뒤쪽에 있는 창문으로 사라졌습니다.

노신사의 모습도, 마치 밖에서 들어오는 빛에 노출된 영화처럼 스윽 흐려지더니 사라졌습니다.

“아.”

저는 눈을 살짝 부릅뜨고 텅 빈 좌석을 바라보았습니다.

종종 있는 일입니다.

나비가 만들어 낸 공기의 파도가 본디 보이지 않아야 할 사람의 모습을 잠시 보여 준 겁니다. 즉, 노신사의 유령을 본 거지요.

신기하기는 하지만 결코 드문 일은 아닙니다.

‘이제 곧 역에 도착하니 할아버지가 한발 먼저 내린 걸까? 아니면 모습만 감춘 거고, 아직 자리에 있을까?’

발밑을 바라보며 그런 생각을 했습니다.

무심히 가죽 구두를 신은 양쪽 발끝을 톡톡…… 살짝 맞부딪쳤습니다.

톡톡톡톡톡톡…… 덜컹!

전철이 경련하듯 한 번 크게 흔들리는 바람에 멍하니 떨고 있던 양쪽 다리의 박자가 엇나가 이상한 자세가 되었습니다.

백팩이 무릎에서 떨어지면서 생각보다 큰 소리가 났습니다.

대학생 커플이 똑같은 동작으로 저를 쳐다봐서 허둥지둥 짐을 주웠습니다.

'영차.'

무릎 위로 백팩을 끌어올리고 있는데 머리 위에서 종점을 알리는 오르골 동요가 들려왔습니다. 단조로운 멜로디에 안내 방송이 겹쳤습니다.

'이 열차는 이번 역까지만 운행합니다. 승객 여러분께서는 놓고 가는 짐이 없는지 확인……'

서서히 감속하며 플랫폼으로 들어간 전철은 아까 흔들린 것과는 딴판으로 조용히 멈추었습니다.

저는 살짝 고개를 숙인 채로 일어나 두 대학생 뒤에서 문으로 향했습니다.

"어?"

전철에서 내린 바로 그 순간이었습니다.

발을 디딘 순간 저는 전혀 예상하지 못한 광경을 보고 말았습니다.

노신사 유령보다 훨씬 예상하지 못한 것입니다.

'으악!'

제 눈앞을 지나간 것은, 옆 차량에서 내린 한 쌍의 남녀였습니다. 딱 봐도 불륜임을 알 수 있는 중년 남자와 상대 여성이었습니다.

어떻게 불륜인지 아느냐고요? 중년 남자가 제 아버지였거든요.

'아버지, 어제도 돌아오지 않았는데……. 일주일에 절반은 안 돌아오고, 요즘은 화장실이나 목욕할 때도 휴대전화를 챙겨 가더니…….'

거기까지 생각하니 머릿속에 불쾌한 열기가 울컥 피어올랐습니다. 이것은 '분노'입니다. 아아, '분노'란 얼마나 불쾌한 감정인지요?

'아버지, 역시 이럴 줄 알았어.'

저는 '분노'에 몸을 맡기고 마치 아기 돼지 같은 핑크색 백팩을 품에 끌어안고 기척을 죽여 아버지와 불륜 상대의 뒤를 쫓아갔습니다.

'아버지…… 아버지!'

저희 아버지는 구스모토 가문의 데릴사위로 구스모토 스카이호텔 사장, 구스모토 요시오라고 합니다.

원래 거래처 은행에서 구스모토 관광 그룹에 파견 나갔다가 성실한 근무 태도가 그룹 회장인 제 외고모할머니의 눈에 들어 정략결혼을 하게 된 것이 벌써 17년 전.

아버지는 데릴사위로 들어오면서 구스모토 가문이 경영하는 리조트 호텔 사장으로 취임했습니다. 외고모할머니 말씀이 아버지는 '천성이 선량한 예스맨'이라는데, 그게 그룹 회사 경영에는 운 좋게 잘 맞아떨어졌다나요.

물론 집에서도 한 번도 오만하게 "목욕물! 밥!"이라고 외치지 않고, 얌전히 아내의 말을 따랐습니다. 지금까지 구스모토 요시오는 착한 일본인의 표본처럼 살아왔다고…… 믿었습니다.

'그런데…… 아아, 꼴불견이야, 한심해.'

지금 제 앞에서 걸어가는 아버지는 여자 어깨에 한쪽 팔을 두르고 능글맞게 웃고 있습니다.

한편 아버지에게 몸을 기댄 여자는 유행하는 파마 스타일에(모발 끝은 조금 갈라졌지만), 라인이 예쁜 투피스를 입은(약간 화려하지만) 미인이 아니겠어요(코는 살짝 성형한 것 같지만)?

수수한 중년 남자와 레이디스 만화의 악역처럼 섹시한 미녀의 조합은 누가 봐도 어색했습니다. 아까 전철에 있던 대학생들이 팔꿈치로 서로 쿡쿡 찌르며 불륜 커플을 돌아보았고, 매점에서 신문을 산 아저씨도 실실 웃으며 쳐다보았습니다.

'아버지가 웃음거리가 되고 있어.'

하지만 두 사람은 주위 시선은 개의치 않고 역 서쪽 출구로 이어지는 통로로 향했습니다.

저는 망설이지 않고 미행했습니다.

학교에 가려면 동쪽 출구로 나가야 하지만 그런 걸 따질 때가 아닙니다.

둥그런 기둥 뒤에 숨어, 역 뒷골목으로 이어지는 출구를 조용히 살폈습니다.

개찰구를 나가자 아버지와 불륜 상대는 갑자기 멈춰 서서 서로 얼굴을 바라보았습니다.

그러더니 세상에나, 와락 끌어안고 입맞춤을 하지 않겠어요? 저는 물론이고 역무원도, 뒤에서 개찰구를 빠져나온 여성 회사원도 아연히 멈춰서고 말았습니다.

'바보, 천치, 멍청이! 여자에 눈이 멀어 부끄러운 줄도 모르는 멍청한 아저씨!'

평소 같으면 절대 생각도 못 할 욕설을 꿀꺽 삼키는데 버려진 신문지 한 장이 바람에 날아왔습니다.

나쁜 말을 해서 벌을 받은 걸까요? 신문지는 마치 노린 것처럼 정확히 저를 직격했습니다. 오래된 신문이 얼굴에 찰싹 달라붙기 직전, 제목이 보였습니다.

'악덕 외판원, 의문의 연속 실종.'

"으……. 으……."

바람 때문에 신문지가 얼굴에 들러붙어 떨어지지 않습니다. 축축하게 젖어 있어 잉크 냄새가 코를 찔렀고, 먼지와 흙이 뺨에 닿는 것도 기분 나빴습니다.

악전고투하는 모습이 안쓰러워 보였나 봅니다. 마침 병원에서 나온 어르신과 외근 중인 여성 회사원이 도와줘서 겨우 신문지에서 빠져나온 저는 울고 싶은 심정으로 고개를 꾸벅꾸벅 숙였습니다.

"고맙습니다. 고맙습니다."

그러는 사이에도 둘만의 세계에 빠진 아버지와 불륜 상대는 역 뒷골목 상점가로 걸어갔습니다.

저는 얼굴에서 떼어 낸 날짜 지난 신문을 움켜쥐고 다시 추적했습니다.

그곳은 옛날부터 좁은 2차선 차도 양옆으로 가게들이 늘어서 있는 상점가였습니다. 주차되어 있는 자동차와 간판 뒤에 몸을 숨기며 앞에서 걸어가는 두 사람의 뒷모습을 뚫어져라 지켜보았습니다.

'저 인간들……'

점심을 사러 온 사람들, 역으로 가는 사람들, 모두 바삐 걸어가고 있습니다. 하늘 높이 떠 있는 5월의 태양이 처마 끝에 걸린 차양과 행인들의 발밑에도 날카로운 그림자를 만들었습니다.

제가 뒤쫓고 있는 두 사람은 자칫 인파에 묻힐 것 같으면서도 은근히 특이한 기운을 뿜어내고 있었습니다. 저게 외도를 저지르는 불성실한 사람의 기운일까요?

'아버지도 참, 주책맞기는……'

저도 모르게 백팩을 꽉 움켜쥐자 교과서와 체육복이 흐느적거렸습니다. 옆 가게에서는 맛있는 냄새가 풍겨 왔습니다.

태국요리점, 장기 학원, 이발소, 셀프 빨래방, 자전거 가게, 얼음 가게, 카페.

채소 가게, 반찬 가게, 우체국, 여관, 술집, 영화관, 일본

무용 학원, 중화요리점.

"뒤에 뒤에~"라는 노래 가사가 작게 흘러나옵니다.

아버지와 불륜 상대는 카페와 중화요리점 사이 길 한복판에서 또 걸음을 멈추었습니다.

'두 사람이 또다시 입맞춤이라는 흉악한 행동을 한다면, 이번에야말로 가만히 두고 보지 않을 거야.'

그렇게 각오를 다지며 반사적으로 열려 있는 유리문 안쪽에 몸을 숨겼습니다.

어둡고 굉장히 음침한 건물이었습니다.

그렇지만 그곳을 단순하게 건물의 그늘이라고 판단한 것은 실수였습니다.

"뒤에 뒤에~"라는 노래 소리가 커지더니 "어서 오세요!"라는 목소리가 뒤에서 울려 퍼졌습니다.

뒤를 돌아보니 바로 코앞에 진녹색 더블브레스트 정장을 입은 중년 남성이 있었습니다.

얼굴 밖으로 튀어나온 살바도르 달리 같은 더블유 모양 수염에, 핏기 없는 입술은 부자연스러운 미소를 머금고 있었습니다.

수상해.

마치 인형극에 나오는 사기꾼 아저씨 같은 모습입니다.

달리 수염 남자 옆에는 몸에 딱 달라붙는 짧은 드레스를 입은 미녀가 깃털 부채를 들고 춤을 추고 있었습니다.

저는 달리 수염 아저씨를 쳐다보고, 근사한 미녀를 쳐다보았습니다.

시선을 알아차린 미녀가 어째선지 몹시 놀란 표정으로 저를 바라보더니 슬금슬금 안쪽에 숨어 버렸습니다.

"어서 오세요! 어서 오세요!"

달리 수염 아저씨가 되풀이했습니다.

"여기는?"

제가 들어간 곳은 오래된 잿빛 빌딩의 로비였습니다.

무척 오래된 서양 영화 포스터와 한산한 매점, 충전재가 튀어나온 긴 의자, 유리문에 비쳐 좌우가 반대로 보이는 '게르마 전기관'이라는 금색 간판.

'게르마, 전기관.'

게르마도 그렇고 전기관(*1903년 일본 아사쿠사에 등장한 오락 시설로 영화관의 전신)도 무슨 뜻인지 모르겠습니다.

상점가 안에 울려 퍼지는 "뒤에 뒤에~"라는 민요 같은 노래는 분명 이 게르마 전기관에서 흘러나오고 있었습니다.

'뒤에 뒤에, 게르마 전기관.'

저는 일단 어설프게 웃어 보았습니다.

그 순간 "뒤에 뒤에~"라는 노래가 뚝 그치더니 요란한 사이렌 소리가 울려서 글자 그대로 펄쩍 뛰어올랐습니다.

"자자, 어서 표를 사요. 서둘러! 곧 시작하니까!"

달리 수염 아저씨가 동그란 눈을 번쩍 뜨고 큰 소리로 저를 재촉했습니다.

표라니. 무슨 소리일까요?

서두르지 않으면 뭐가 시작된다는 걸까요?

저는 달리 수염 아저씨의 큼직한 눈과 입으로부터 도망치듯 지갑을 열어, 뭔지도 모르는 표를 사고 어둠 속으로 내몰렸습니다.

게르마 전기관은, 영화관이었습니다.

제가 아는 어떤 곳과도 다른, 비좁고 낡아 빠진 영화관이었습니다.

'아버지를 쫓아가고 있었는데 왜 영화를 보고 있는 걸까?'

자꾸 한숨을 쉬었더니 과다 호흡을 일으킬 것 같았습니다.

"아아."

저는 그만 소리 내어 탄식하고 말았습니다.

두 줄 앞자리에 있는 나이 많은 관객이 타박하지 않고 친절해 보이는 붉은 얼굴로 뒤를 돌아보았습니다.

그 다정한 표정이 가슴에 사무쳐 고개를 꾸벅꾸벅 숙였습니다.

저를 제외하면 손님은 그 노인 한 사람뿐. 영화관 직원으로 보이는 달리 수염 아저씨가 표를 강매한 이유를 알 것 같았습니다.

'아아.'

역에서 아버지의 불륜 현장을 맞닥뜨리고 역 뒤쪽으로 정신없이 달려와서, 급기야 학교에도 가지 않고 영화를 보고 있다니. 열여섯 살 오늘날까지 바른길에서 벗어나 본 적 없는 제게는 엄청난 사건이었습니다.

이건 비행이야. 나는 불량 학생이야. 날라리야.

넓지 않은 객석 너머 스크린 속에서는 아름다운 날라리들이 음악 같은 프랑스어로 말하고 있었습니다. 흑백 영화였는데 느릿한 재즈가 흘러나오고, 배우들은 우아한 언어로 화를 내고 속삭이고…… 어쨌거나 말이 많았습니다.

하지만 따분했습니다.

저는 백팩 주머니에서 휴대전화를 꺼내 다운로드해 둔

고전 소설 파일을 열었습니다.

의미도 머릿속에 들어오지 않는데 그저 글자만 읽고, 또 읽었습니다.

시문 같은 말들이 망막에 비쳤다가 흘러갑니다.

아득히 먼 시대의 이야기. 그 리듬에 잠시 취했습니다.

익숙한 디지털 글자에 빠져 있는데 스크린 안에서 오가던 프랑스어 대화가 이상하게 생생하게 느껴졌습니다. 의식에 남지 않는, 편안한 음악처럼.

"당신, 잠깐."

허스키한 목소리가 귓가에서 나직하게 속삭였습니다.

아아, 프랑스어의 울림은 서늘하고 멋지네요.

"왜 휴대전화를 보고 있는 거야?"

"어?"

제게 속삭인 사람은 프랑스인 배우가 아니라 일본인이었습니다.

헐렁하게 걸친 오버사이즈 셔츠에 지저분한 청바지를 입은 젊은 남자였습니다.

프랑스인은 아니지만 머리카락이 조금 길었는데, 근시인지 미간을 살짝 찌푸리며 이쪽을 보는 눈은 배우가 아니더라도 배우만큼 잘생겼습니다. 높은 콧대는 애니메이션 미

남 캐릭터처럼 시원스러웠고, 약간 홀쭉한 뺨과 얇은 입매
는…….

"잠깐 따라와."

마음속으로 끝없이 찬사를 늘어놓는데, 스크린 속 프랑
스인보다 아름다운 사람이 제 팔을 거칠게 붙잡더니 다른
한 손으로 핑크색 백팩을 쥐고 끌어당겼습니다.

"저기……."

"불평하려면 밖에 나가서 해."

"불평이라니, 천만에요……."

이때 저는 화를 내는 아름다운 남자에게 사랑에 빠졌습
니다. 지금까지 누가 첫사랑 타령을 할 때마다 미사여구나
말장난처럼 여겼던 제가 태어나 처음으로 사랑에 빠진 것
입니다.

❂

아름다운 입술이 심술궂은 말을 잔뜩 퍼붓습니다.

"어째서 상영관 안에서까지 메시지를 보내는 거야? 그렇
게 빛이 나는 물건을 꺼내면 민폐야. 영화를 만든 사람, 영
화를 보는 손님, 상영하는 영화관, 그 모든 걸 상대로 싸움

을 거는 거야, 알아들어?”

달리 수염 아저씨가 제 이상형을 “우도 군”이라고 불렀습니다.

방금 전까지 큰 소리로 흘러나오던 “뒤에 뒤에~”라는 노래는 이미 들리지 않았습니다. 덕분에 마음껏 우도 씨의 목소리에 빠져들 수 있습니다.

“입 다물고 있지 말고, 무슨 말이라도 좀 해. 귀여운 얼굴로 뻔뻔하기는.”

“귀엽다고요?”

“그런 것만 골라 듣지 마. 황당한 여자네.”

중얼거리는 옆모습이 어찌나 단정하던지.

신경질적이고, 고집스럽고, 성격 나빠 보이지만 성실하고, 책임감 있고, 자부심 강하고, 정말 잘생겼고, 알맞게 말랐고, 알맞게 근육질이고, 넥타이는 하지 않았고, 자유로운 헤어스타일에, 다리가 가늘고, 외까풀에, 목소리는 조금 허스키합니다.

‘아아!’

보면 볼수록 우도 씨는 제가 상상하는 완벽한 이성의 모습이었습니다. 화내는 우도 씨의 목소리는 들으면 들을수록 천상의 음악과 다름없었습니다.

"됐어, 우도 군. 그쯤 해 둬."

아름다운 우도 씨는 영사 기사, 달리 수염 아저씨는 게르마 전기관의 지배인이라는 모양입니다.

사무실에는 또 한 명, 아까 보았던 육감적인 미녀가 있습니다. 나이는 20대 초반, 키는 저와 같은 160센티미터 정도. 섹시함과 인연이 없는 고등학생의 눈에는 완전히 그림 같은 미녀였습니다.

"……."

화사한 외모와 달리 말수가 없었습니다. 긴 의자 뒤에서 지배인 곁에 딱 달라붙어 어깨에 두 손을 얹고 있습니다.

지배인은 때때로 작은 목소리로 그 미녀를 "마리코"라고 불렀습니다. 저나 우도 씨의 눈을 피해서 부르는 건 분명 쑥스러워서 그런 거겠죠. 두 사람은 부부 같았습니다.

육감적인 마리코 씨는 이야기에 끼지는 않고 제게만 살짝 미소를 보냈습니다.

"우도 군. 이 아가씨는 메시지를 보낸 게 아니라 독서 중이었던 것 같으니 그만 봐주면 어떻겠나."

"스미레예요……. 구스모토 스미레라고 합니다."

저는 자연스럽게 자기소개를 했습니다.

"다른 손님이라고 해 봤자 단노 씨 한 사람뿐이잖아. 단

노 씨는 그 영화를 최소한 열 번은 봤으니 아가씨…… 구스
모토 스미레 양 휴대전화가 번쩍거리든 번개가 번쩍거리든
줄거리를 다 알 거야.”

“지배인님. 그런 문제가 아니잖아요.”

우도 씨는 아직 더 하고 싶은 말이 있는 눈치였지만 벽
시계를 힐끔 올려다보더니 사무실 안쪽에 있는 계단을 뛰
어 올라갔습니다. 발소리도 내지 않는 가뿐한 움직임이었습
니다.

“저기…… 어디로?”

“상영이 끝날 시간이니까. 영사 기사는 이래저래 바쁘거
든.”

지배인이 달리 수염을 가다듬으며 우도 씨가 사라진 어
두운 계단을 눈짓했습니다. 저 계단 끝에 우도 씨의 소중한
영사실이 있는 거군요.

“우도 군은 워커홀릭이라. 아가씨도 너무 마음 쓰지 마.”

“구스모토 스미레입니다.”

“응. 스미레 양, 응.”

지배인이 건성으로 대답하며 텔레비전 스위치를 켰습니
다. 리모컨도 없는 투박한 브라운관 텔레비전 위에 철사로
만든 리본 같은 실내 안테나가 달려 있었습니다.

‘실종된 ……씨는 집요한 방문 판매로 문제가 된 주택 인테리어 회사 외판원으로 지목된 인물로, 이번 실종과 동일한 케이스가……’

아무리 봐도 지상파 디지털 방송은 안 나올 듯한 텔레비전에서 옛날 옛적 전파 장애처럼 지지직거리는 소리와 함께 정오 뉴스가 나왔습니다.

화면에 나온 것은 악덕 업자에게 인테리어 사기 피해를 입은 주택이었습니다.

현관 앞에 회사 로고가 그려진 스티커가 붙어 있었고, 카메라에 눈높이를 맞춘 젊은 리포터가 분노를 머금은 목소리로 말했습니다.

‘이것은 표적으로 삼기 쉬운 주택을 표시한, 흔히 말하는 호구 스티커입니다. 한 번이라도 악덕 업자와 계약을 체결하면 그 업자가 현관 앞에 표시를 남깁니다. 이 호구 스티커를 보고 비슷한 악질 회사가 줄줄이 찾아옵니다.’

호구 스티커가 크게 확대됩니다.

무한대를 나타내는 뫼비우스의 띠 위를 학과 거북이 캐릭터가 달려가는 디자인이었습니다.

“좀 무섭네…….”

그때까지 조용히 미소 짓고 있던 마리코 씨가 처음으로

입을 열었습니다.

지배인도 복잡한 얼굴로 고개를 끄덕이려던 순간, 극장 정문에서 손님이 넘어지는 모습이 보였습니다. 상영관에 혼자 있던 단노라는 할아버지였습니다. 저는 줄거리조차 파악하지 못한 프랑스 영화를 벌써 열 번이나 본 단골손님이라는데.

"큰일 났네, 큰일 났어. 괜찮아, 단노 씨?"

지배인이 사무실 문밖으로 튀어 나갔습니다.

덩달아 뒤에서 내다보니 할아버지가 잔술을 움켜쥔 채 웃고 있었습니다.

"단노 씨, 또 취했구나. 술은 반입 금지라고 몇 번이나 말했잖아."

"잘못했어. 미안해."

쓰러진 단노 씨는 한 방울도 흘리지 않은 잔술로 건배 자세를 취했습니다.

"단노 씨 좀 바래다주고 올게."

질리지 않고 건배를 해 대는 단노 씨를 등에 업은 지배인이 이쪽을 향해 한 손을 흔들었습니다.

마리코 씨가 가녀린 손바닥을 들어 대답했습니다.

"후우."

이심전심 부부다운 모습을 보니 사이 나쁜 부모님이 떠올랐고, 이어서 우도 씨에 대한 마음이 깊어져 긴 한숨을 쉬고 말았습니다.

"스미레……."

마리코 씨가 인스턴트커피를 끓이더니 처음으로 제 이름을 불렀습니다. 조심스러운 동작으로 긴 의자 앞까지 다가오더니 제 옆에 조심스레 앉았습니다.

"대답하기 싫으면 상관없는데……."

"예."

"스미레는 우도 군을 좋아하지……?"

밑도 끝도 없이 그런 말을 해서 저는 커피를 내뿜고 말았습니다.

저희는 동시에 비명을 지르고, 이구동성으로 상대에게 사과했습니다.

미안해요, 미안해요.

미안해…… 미안해…….

마리코 씨는 고개를 숙이다가 커피잔에 부딪쳤는데, 어째선지 잔은 꼼짝도 하지 않았습니다.

게르마 전기관에서 나와 해변 공원으로 갔습니다.

해안가에 인공산과 광장이 있는 작은 공원으로, 귀여운 색으로 칠한 동물 조형물과 놀이 기구가 반원형으로 늘어서 있었습니다. 인공산 위에 있는 벤치에 앉아 있는데 바닷바람이 제 등을 훑고 하늘색 정글짐 쪽으로 지나갔습니다.

일단 도시락을 먹고, 트레킹을 하는 사람과 산책하는 개를 바라보며 저녁까지 시간을 때웠습니다. 결국 하루 종일 무단결석하고 말았습니다. 하지만 그런 건 중요한 문제가 아닙니다.

그렇잖아요, 저는 우도 씨를 만나 사랑에 빠지고 말았으니까요.

게다가 아버지가 몇 년 만에 저녁 식사 시간에 집에 돌아와서, 될 대로 되라 싶은 심정이었습니다.

"스미레, 선물이다."

대화 없는 식사가 끝나고 아버지는 제게 포장된 상자를 내밀었습니다.

선물을 주다니, 출장에서 돌아왔을 때도 한 번도 없었던 일입니다. 오늘 아침 미행을 들킨 걸까요? 저는 쭈뼛쭈뼛 상자를 받았습니다.

"이건?"

아버지가 가져온 것은 주황색 종이 상자에 든 인형이었습니다.

광택 있는 두꺼운 종이에 셀로판 창이 달려 있고, 안에는 20센티미터쯤 되는 인형이 귀엽지만 조금 수상한 미소를 짓고 있었습니다. 리카 인형을 대놓고 본뜬 모조품으로, 상자에 '미카'라고 인쇄되어 있었습니다.

켕기는 구석이 있어 비위를 맞추려는 심산인지 모르겠지만, 고등학생 딸에게 리카…… 아니, '미카' 인형이 웬 말이죠?

"고마워."

애써 웃음을 지으며 몰래 어머니 쪽을 보았습니다.

"……."

어머니는 여전히 말이 없습니다.

이때 저는 어머니가 아버지의 불륜에 대해 뭔가 알고 있는 게 아닐까 생각했습니다. 구스모토 가문 여자들은 이상하게 감이 날카롭거든요. 그렇다면 오늘 제 무단결석도 머잖아 들킬지 모릅니다.

'그런 일은 없기를.'

저는 냉큼 계단을 올라 방으로 달아났습니다. 방 안을 살펴보다가 책장 구석에 미카 인형을 두었습니다.

불도 켜지 않고 창문을 열자 정원의 꽃향기가 살포시 흘러 들어왔습니다. 상야등이 화단에 희미한 빛을 뿌려 하얀 백합이 아스라이 빛났습니다.

"하아."

한숨이 나왔습니다.

책상 앞에 앉아 통학용 백팩을 열었지만 학교에 가지 않았으니 숙제도 없었습니다. 컴퓨터에도, 휴대전화에도 아무 연락이 없었다는 사실에 안도했습니다.

"하아아."

다시 한번 입 밖으로 커다란 한숨을 내뱉자 아래층 눈치를 보느라 거북했던 마음이 겨우 온몸에서 빠져나가는 것 같았습니다. 귓속에 들러붙은 게르마 전기관의 '뒤에 뒤에~'라는 노래가 아직도 머릿속에 맴돌았습니다.

'우도 씨는 지금도 일하고 있을까? 그 사무실 계단 위……영사실이라는 건 어떤 장소일까? 늘 우도 씨 곁에 있을 수 있다면 얼마나 행복할까?'

아버지도 오늘 아침에 본 그 여자와 함께 있으면 이런 식으로 행복한 걸까?

무심코 그런 생각을 하는 바람에 모처럼 행복했던 마음이 우울의 늪으로 가라앉았습니다.

저는 황급히 아버지와 불륜 상대의 그림자를 마음속에서 쫓아내고, 고색창연한 게르마 전기관의 풍경을 마음속에 떠올렸습니다.

우도 씨의 화난 옆얼굴을 열심히 떠올려 봅니다. 아름다운, 너무나 아름다운 얼굴.

무서운 우도 씨도 좋지만 웃으며 말을 걸어 준다면 훨씬 기쁘겠지요.

만약 제 이름을 불러 준다면 더욱 기쁠 거예요.

'게르마 전기관에서 일할 수 있다면 얼마나 좋을까?'

잠들기 전까지 끝없이 그런 생각을 했습니다.

밤마다 양을 세는 대신 혼자 하는 끝말잇기도 잊고, 한 달 만에 깊은 잠에 빠졌습니다.

2
유령이 보여서

이튿날, 과자 상자를 품에 가득 안고 게르마 전기관을 찾아갔습니다.

게르마 전기관은 역 뒤편 상점가 쪽으로 출입구가 두 군데 있는데 마주 보았을 때 왼쪽이 1관, 오른쪽이 2관입니다.

2관은 평소에는 쓰지 않는데 다시 찾아갔을 때 실수로 그쪽으로 들어가는 바람에 크게 고생했습니다.

어제 들어간 곳과 구조는 똑같지만 로비에 망가진 의자와 거대한 서커스용 공, 큰북, 출연자 대기실에 있을 법한 전구 달린 화장대가 발 디딜 틈도 없이 쌓여 있었습니다.

로비 옆 사무실에도 털 장식과 금색 술이 달린 의상이 먼지를 뒤집어쓴 채로 잔뜩 걸려 있었고, 거미줄을 타고 내려온 거미에, 피에로 인형이 익살스러운 표정으로 멈춰 있었습니다.

여기는 대체 뭐 하는 곳일까요?

미궁 같기도 하고, 이상한 나라 같기도 하고, 창고 같기도 합니다.

혼란 속에서 사무실 위치나 매표 카운터 위치가 어제 갔던 극장과 좌우 반대라는 사실을 겨우 깨달았습니다.

바로 그때, 폐허 같던 잡동사니 속에서 머리에 밧줄을 두른 이상한 사람을 발견하고 저도 모르게 비명을 질렀습니다.

"누구쇼?"

그렇게 말하며 잡동사니 너머로 이쪽을 보는 얼굴이 낯익었습니다.

동그란 눈, 코밑에 더블유 모양 수염을 기른…… 지배인이었습니다.

"무슨 일이야, 아가씨? 2관은 휴관인데."

"죄송합니다. 구스모토…… 스미레라고 합니다."

길 잃은 아이처럼 지배인의 손을 잡고 다시 1관으로 갈 수 있었습니다.

"어제 일을 사과드리려고요."

그렇게 말씀드리자 지배인은 동그란 눈을 접시처럼 휘둥 그레 떴고, 우도 씨는 대조적으로 눈을 가늘게 떴습니다. 눈 빛이 싸늘합니다.

"너, 오늘도 학교에 안 가고 영화를 보려고?"

수상쩍다는 듯 저를 쳐다보던 눈매가 갑자기 부드러워 지더니 "영화 좋아해?"라고 물었습니다.

최고의 미소와 함께 고개를 끄덕이려 했지만 우도 씨는 "그럴 리 없지"라고 멋대로 판단하더니 더더욱 불쾌한 기색 을 드러냈습니다. 발소리도 내지 않고 사무실 안을 맴돌다 가 저를 돌아보더니 한쪽 눈썹을 치켜올렸습니다.

"등교 거부야?"

"뭐!"

옆에서 듣고 있던 지배인이 '등교 거부'라는 말을 곱씹듯 고등학교 교복을 입은 저를 머리끝부터 발끝까지 쭈뼛쭈뼛 살펴보았습니다.

"자네, 등교 거부 학생이었어?"

"……."

역시 등교 거부는 날라리나 하는 짓일까요?

날라리는 학교 지도과에 넘겨져 부모님이 찾아와야 하고, 친척들 얼굴에 먹칠을…….

"저…… 저기. 오늘 마리코 씨는 안 계신가요?"

화제를 돌리려고 주위를 기웃기웃 둘러보았습니다. 길을 건너는 초등학생처럼 오른쪽을 보고, 왼쪽을 보고, 다시 오른쪽을 봅니다.

그러자 처음에는 아무도 없었는데 마지막으로 오른쪽을 보았을 때 긴 의자에 마리코 씨가 앉아 있었습니다. 제가 가져온 밤만주 상자를 뜯고 기쁜 얼굴로 가녀린 손을 비비고 있습니다.

어라?

고개를 갸웃거리는 제 옆에서 지배인이 여전히 '등교 거부'를 걱정하고 있었습니다.

"역시 학교에……."

'연락해야겠다'는 무서운 소리를 하려는 지배인 뒤에서 로비 쪽으로 난 작은 창문이 열렸습니다. 안색 나쁜 남자가 "어, 에헴" 하고 조금 과장된 헛기침으로 시선을 끌었습니다.

덕분에 지배인의 관심이 그쪽으로 쏠려 저는 가슴을 쓸어내렸습니다.

"무슨 일이십니까?"

지배인이 고개를 돌려 손님을 향해 공손하게 인사했습니다. 포마드로 고정한 뒤통수가 보입니다.

"다음 심야 상영은 언제 하나요? 사십구재에 맞출 수 있으면 다행인데."

사십구재?

어디서 들어 본 말입니다. 누구 관혼상제 때 외고모할머니가 말씀하셨던 것 같습니다.

마리코 씨가 고민하는 저를 보더니 얼른 다가왔습니다.

"선물, 고마워……."

그렇게 인사를 해 주니 또 한결 마음이 편해졌습니다. 우도 씨도 멋지고, 지배인도 좋은 사람 같지만 마리코 씨 얼굴을 보면 마음이 놓입니다.

'마리코 씨하고 친구가 되면 뭐든 털어놓을 수 있을 텐데.'

마음이 통했는지 마리코 씨가 한껏 생글생글 웃으며 "차를 내올게" 하고 엽차 찻잎이 든 통을 들었습니다.

"어머나, 텅 비었네."

마리코 씨가 찻장 대신 쓰는 로커를 향해 좁은 사무실 안을 가로질렀습니다.

바로 그때, 기묘한 광경을 보았습니다.

마리코 씨가 손님 응대를 하는 지배인을 보고 있는 우도 씨를 통과한 것이었습니다.

'어?'

제 눈앞에서 마리코 씨는 우도 씨의 몸을 3D 입체 영상처럼 통과했습니다.

'어떻게 된 영문이지?'

저는 우도 씨를 쳐다보았습니다.

그러고 보니 마리코 씨가 우도 씨에게 말을 거는 모습을 보지 못했습니다.

실례되는 말이지만 이 사무실은 몹시 좁고 너저분합니다. 그런데도 우도 씨는 발소리 하나 내지 않고 잘도 돌아다닙니다. 짜증을 내며 돌아다닐 때도 정말 조용하고 매끄럽게 걸어 다닙니다.

'으음.'

저는 새삼 심기가 나빠 보이는 우도 씨의 옆얼굴과 머리털 한 오라기 비어져 나오지 않은 지배인의 뒤통수를 보았습니다. 갸름한 얼굴 윤곽 밖으로 달리 수염이 튀어나와 있습니다. 지배인의 저런 모습도 신기하기는 합니다.

'게다가 손님까지 사십구재라니……'

그래요, 생각났어요.

분명 관혼상제 용어였어요.

좋아했던 나나에 이모가 돌아가셨을 때 장례식에서 몇 번이나 들었습니다. 49일은 죽은 사람이 이 세상에 머물러 있는 기간입니다.

'그러니까 여기는……'

유령 영화관?

살아 있는 사람은 마리코 씨뿐이고, 영화관 사람도 손님도 유령일까요?

그렇다면 내 첫사랑 상대는 유령?

'서, 설마.'

아무리 그래도 이상해서 더 생각하지 않기로 했습니다.

의식적으로 고개를 크게 가로젓자 마리코 씨가 와서 "굳었어?" 하고 어깨를 주물러 주었습니다. 수족냉증일까요, 손끝의 차가운 체온이 교복 너머로 느껴졌습니다.

'하지만.'

얼어붙은 어깨에 마사지를 받으며, 저는 전철 안에서 본 배추흰나비와 노신사를 떠올렸습니다. 창문 밖으로 날아간

나비와 함께 훌쩍 사라져 버린 할아버지 유령. 그 모습을 지켜본, 나.

'내 경우엔, 그럴 수도 있지.'

사실 이렇게 학교를 무단결석하게 된 것도 제 눈에 유령이 보여서 그런 거거든요.

선물로 가져간 밤만주와 팥소가 든 구운 찰떡을 먹고 나서, 얼떨결에 표를 사서 게르마 전기관 객석에 앉았습니다.

스크린에는 어제 봤던 프랑스 영화가 나오고 있었습니다.

'만약 우도 씨가 유령이라면…….'

저는 어제 못지않게 혼란스러웠지만 눈에 익은 화면과 어두운 객석에 있으니 마음이 차분해졌습니다. 하지만 그럴수록 울적해지는 것은 어쩔 수 없었습니다.

생각해 보면 올봄.

고등학교에 입학하고 첫 조례 시간에 자기소개를 하게 되었습니다.

"내일 5교시에 할 거니까 무슨 말을 할지 각자 생각해 보렴."

선생님은 출석부를 들고 교무실로 돌아가면서 무심하게 말했습니다. 반 아이들도 흘려들으며 교과서를 정리하거나 수다를 떨었습니다.

하지만 그 한마디에 제 마음은 몹시 무거워졌습니다.

저는 자기소개가 서툰 편입니다. 자랑도 비하도 하지 않으면서 좋은 인상을 주고 싶은데 어떻게 말해야 할지 모르겠습니다.

저는 외동딸인 데다가 소꿉친구도 없습니다. 친척 어른들 틈바구니에서 수예를 배우거나 쇼핑에 따라다니며 자랐기 때문에 애초에 친구를 사귀는 게 서툽니다.

"취미는 혼자 끝말잇기 하기, 좋아하는 동물은 여우원숭이입니다."

아무리 고민해 봐도, 어떻게 말해도 이상한 소리를 할 것 같았습니다.

'게자리 O형, 상반기 운세.'

구스모토 관광 그룹 사보에 실린 운세 코너를 보았더니…….

'모두 함께 만날 때, 숨은 실력을 발휘할 기회. 숨겨 두었던 마음을 당당하게 털어놓아요. 기대 이상의 성과를 얻을 수 있습니다.'

숨은 실력.

숨겨 두었던 마음.

“있어.”

거실 소파에서 손바닥을 탁 쳤습니다. 겨우 무거운 짐을 내려놓은 심정으로 이튿날 조례 시간을 맞이했습니다.

하지만.

“이렇다 할 특기는 없지만, 가끔 유령을 봅니다.”

결국 또 제가 하는 말에 자신이 없어 쭈뼛쭈뼛 입을 열었습니다. 제가 생각해도 수상쩍은 태도였습니다.

“이런 에피소드가 있었어요.”

좋아하던 나나에 이모가 돌아가셨을 때도, 이모가 새벽녘 침실에 훌쩍 찾아와 “이렇게 됐다” 하고 평소의 사무적인 말투로 인사하고 떠났습니다. 저세상으로 떠나는 바쁜 때에 일부러 저희 집까지 찾아와 주었다는 사실이 기뻐서 무섭다는 생각은 조금도 들지 않았습니다.

“학교에서도 복도나 화장실에 가끔 영혼이 보이는데, 여러분은 어떤가요?”

내가 대체 무슨 말을 하는 건가 싶으면서도 열심히 반 아이들을 바라보며 웃으려 했지만…….

진지하게 들어 주던 아이도, 잡담을 하던 아이도 쥐 죽은 듯 조용해졌습니다.

몰래 음악을 듣던 아이가 이상한 분위기를 감지하고 옆자리 친구에게 무슨 상황인지 설명해 달라고 했습니다. 담임 선생님은 이런 이야기가 무서운지 비명에 가까운 목소리로 타박하더니 아무 일도 없었다는 듯 다음 학생을 불렀습니다.

그때 이후로 저는 반에서 이질적인 존재가 되었습니다.

등하교는 원래 혼자 했지만 반 아이들이 매사 제게 거리를 두기 시작했다는 것을 알았습니다.

쉬는 시간에도 혼자. 실습 과목 때문에 다른 교실로 갈 때도, 체육 수업 때문에 탈의실에 갈 때도 혼자.

함께 점심을 먹는 친구도 없고, 수다에 끼워 주는 친구도 없습니다. 멀찍이서 도란거리는 여학생들도 제가 다가가면 대화를 멈춥니다. 큰 소리로 떠들던 남학생들은 제가 말을 걸면 쓴웃음을 지으며 묘한 침묵에 빠집니다.

단 한 사람만 저의 유별난 특기를 놀리거나 기분 나빠하지 않고 믿어 주었습니다.

히라이 레이나라는 이름의 예쁜 아이였습니다.

하지만 그쪽에서 말을 걸어 줄 때까지 저는 그 아이에게 친근감을 느낀 적이 없었습니다. 히라이는 반에서 중심인물이고, 저는 외톨이라 도저히 먼저 편하게 다가가기에는…….

예쁘고 명랑한 히라이는 반 아이들 모두에게 인기가 많고, 선생님들도 그 아이를 대할 때는 태도가 밝아집니다. 히라이는 모두에게 공평하게 다정했고, 불쾌하지 않을 정도로 부탁을 하거나 농담을 하는 기술을 잘 아는 것 같았습니다.

"구스모토, 다음은 생물 시간이지? 과학실에 같이 가자."

히라이가 그런 식으로 말을 걸어 주었을 때는 상대를 착각한 게 아닐까 싶었습니다. 2주 내내 반 전체에 무시당하고 있었으니까요.

"구스모토, 혹시 도시락 안 가져왔으면 같이 학생 식당에 갈래?"

오전 수업이 끝나고 도시락을 가지러 자리에서 일어나는데 히라이가 종종걸음으로 다가왔습니다. 그 모습을 본 아이들이 작은 목소리로 뭔가 숙덕거렸습니다.

히라이는 선생님들도 인정하는 학생이라, 아이들은 그 애가 담임 선생님의 특명을 받았다고 생각하는 것 같았습니다.

'구스모토는 조금 특이한 애니까. 반에 적응할 수 있도록 레이나가 가끔 말을 걸어 주지 않겠니?'

'알겠습니다.'

제 생각에도 선생님과 히라이 사이에 그런 대화가 오갔을 것 같습니다.

조금 자존심 상하기도 했지만 친절하게 대해 줘서 기뻤던 건 사실이었습니다.

어머니가 싸 준 도시락이 있었지만 저는 도시락통을 숨기고 히라이와 학생 식당으로 갔습니다.

"선생님이 날 챙겨 주라고 말씀하신 거지? 미안해."

플라스틱 쟁반 위의 샐러드를 깨지락거리며 그렇게 말하자 히라이는 화난 목소리로 말했습니다.

"아니야. 내가 그런 스파이 노릇이나 할 사람 같아?"

화난 목소리였지만 얼굴은 웃고 있었습니다. 히라이는 집에 찾아오는 길고양이 이야기를 하고, 거리에서 가장 마주치고 싶은 연예인이 누구인지 물었습니다.

"텔레비전은 잘 안 봐서……."

죄를 고백하듯 우물쭈물 답하자 히라이가 심각한 표정으로 천장을 올려다보며 중얼거렸습니다.

"난 마릴린 먼로."

"하지만 그 사람은 죽었잖아."

"죽었어도 만나 보고 싶은걸."

포크 스푼으로 오므라이스를 뜨던 히라이가 진지한 표

정을 지었습니다.

"그런데 너, 정말 영능력이 있어?"

히라이의 표정에 감도는 감정은 야유도 공포도 아니었습니다. 신기한 특기를 칭찬하며 관심을 보이는 것 같았습니다. 그렇게 느낀 저는 조금 으쓱해졌습니다.

"혹시 지금 식당에도 유령이 있어?"

"한번 볼까?"

저는 마치 영능력자처럼 심각한 표정을 지으며 주위를 한 바퀴 둘러보았습니다.

다양한 요리가 담긴 접시에서 피어오르는 따끈따끈한 김, 열심히 떠들고, 열심히 먹는 학생들의 바쁜 모습이 시야를 채웠습니다. 이렇다 할 만큼 별난 존재는 보이지 않았습니다.

능력을 증명할 수 없어 아쉬웠지만 살짝 분위기를 잡으며 대답했습니다.

"여기엔 없는 것 같네."

"와. 척 보면 아는구나. 역시 대단해."

"흔히 그림자가 흐리다고 하잖아, 그런 느낌이야. 뭔가 조금 다르게 보여서 유심히 보면 사라지고 없는 패턴이 많아."

실제로 저는 겉멋에 취해 있었습니다. 다른 사람이 감탄해 주는 일이 드물어 방심했습니다. 방심한 그 순간을 상대가 노리고 있었을 줄은 생각도 못 했습니다.

"구스모토, 나 좀 도와주지 않을래?"

히라이가 갑자기 몸을 불쑥 내미는 바람에 당황했습니다. 일이 엉뚱하게 흘러간다는 느낌이 들었지만 이제 와서 안 된다고 말할 수도 없었습니다.

"내가 할 수 있는 일이라면."

"정말? 그 말 믿어도 되지?"

히라이는 삼지창처럼 생긴 포크 스푼 끝으로 오므라이스를 푹푹 찔러 댔습니다.

"우리 집에 나오는 유령 좀 제령(除靈)해 줘. 실은 작년 연말에 할머니가 돌아가셨는데……."

이야기는 점점 구체적이고 심각해졌습니다.

저는 젓가락을 황급히 내려놓고 고개와 두 손을 세차게 저었습니다.

"유령을 볼 수 있는 것 같다는 거지, 제령은 터무니없어……."

"방금 할 수 있다고 말했잖아."

할 수 있다고 말하지는 않았어요. 정말이에요. 그런데 그렇게 말한 순간 히라이의 표정이 몹시 험악해졌습니다.

“거짓말쟁이.”

히라이가 자리에서 벌떡 일어나는 바람에 의자가 요란한 소리를 냈습니다. 히라이는 저와 먹다 남은 오므라이스를 테이블에 남겨 두고 그대로 떠나 버렸습니다.

평화로운 잡담으로 가득 차 있던 학생 식당이 쥐 죽은 듯 고요해졌습니다.

히라이가 먹다 남긴 오므라이스는 만신창이가 되어 케첩 피를 철철 흘리고 있었습니다. 제 마음이 바로 그랬습니다.

사물함에 넣어 둔 도시락의 내용물은 방과 후에 몰래 쓰레기통에 버렸습니다. 어머니가 예쁘게 만들어 준 반찬들은 사라졌고, 마지막으로 토끼 귀 모양으로 깎은 사과를 버렸을 때는 제가 용서받지 못할 아이라고 생각했습니다.

그날부터 제 별명은 ‘거짓말쟁이’가 되었습니다.

노골적인 괴롭힘은 없었지만 아이들이 저를 대하는 태도가 나쁜 쪽으로 변했습니다. 자칭 유령이 보이는 괴짜였을 때는 다들 한 발짝 떨어져 있을 뿐이었는데, ‘거짓말쟁이’가 되고 나서는 다들 완벽하게 무시하기 시작했습니다.

저는 ‘교실에 없는 아이’가 되었습니다.

‘여기는 역 뒤편 뒤에 뒤에, 예! 뒷동네 뒤에 뒤에 역

뒤편.’

어느새 영화가 끝났습니다.

단골손님 단노 씨의 모습은 온데간데없고 조명이 돌아온 객석에는 ‘뒤에 뒤에’ 노래가 흘렀습니다.

저는 화장실로 달려가 울어서 벌게진 얼굴을 거울에 비춰 보았습니다.

뒤쪽 화장실 문에 ‘고장! 사용 금지! 물 내리면 끝장, 물이 안 멈춰요!’라고 적혀 있습니다. 그걸 보고 웃으려 했는데 괜히 더 눈물이 쏟아졌습니다.

“그 영화, 슬프지…….”

별안간 누가 귓가에서 말해서 깜짝 놀라 펄쩍 뛰어올랐습니다.

눈동자만 살며시 굴려서 쳐다보니 바로 옆에 마리코 씨가 있었습니다.

마리코 씨의 엉뚱하지만 다정한 말이 풍선처럼 우울로 부푼 제 마음에 구멍을 뽁 뚫어 주었습니다.

“저, 저 같은 건, 어차피…….”

거울을 바라보며 제가 있을 자리는 없다고 우는소리를 하려고 했습니다.

하지만 그 눈물도, 하소연도 바로 강제로 중단되었습니다.

지금 제가 보는 광경이 현실에서는 불가능한 상황이라는 것을 깨달았기 때문입니다.

"어? 어? 어? 어?"

뭐가 이상한 건지 바로 깨닫지는 못했습니다.

옆에 있는 마리코 씨와 눈앞의 거울을 몇 번이고 번갈아 보았습니다.

"아! 아! 아! 아!"

마리코 씨가 거울에 비치지 않았습니다.

어제 마리코 씨를 보고 그림 같은 미녀라고 생각한 이유가 바로 그 때문이었습니다. 마리코 씨는 그림자가 없어서, 똑바로 보면 마치 그림처럼…… 트릭 아트처럼 보입니다!

"아아, 제가 틀렸어요."

아까 사무실에서 있었던 괴현상.

우도 씨가 기체나 영혼처럼 마리코 씨를 통과한 게 아니라, 마리코 씨가 기체나 영혼처럼 우도 씨를 통과했던 거예요.

우도 씨가 아니라, 마리코 씨가 바로 유령이었습니다.

"왜…… 왜 그래? 스미레……."

울먹거리던 제가 갑자기 영문 모를 소리를 지껄여서 마리코 씨가 당황했습니다.

"맞아……. 고민이 있으면 지배인님한테 의논해 봐…….

그 사람, 내가 만난 남자들 중에서 가장 믿음직하니까……."

마리코 씨는 창백한 뺨을 붉히며 가느다란 손으로 제 팔을 붙잡았습니다.

유령이 눈에 보이는 구스모토 스미레지만 유령과 대화하기는 처음입니다. 유령에게 팔을 붙들린 것도 처음입니다. 그 손길은 사람 손과 같은 감촉인데도 몹시 싸늘했습니다.

'누가 좀 도와줘!'

마리코 씨가 겁에 질린 저를 데리고 어두운 통로를 지나 사무실로 갔습니다. 굉장히 친절한 사람…… 아니, 유령입니다.

사무실 구석, 영사실로 이어지는 계단에서 때마침 우도 씨가 내려왔습니다.

"……."

울면서 마리코 씨에게 끌려온 저를 우도 씨가 몹시 의심스러운 표정으로 노려보았습니다.

'하지만.'

저는 지배인보다 당신에게 의논하고 싶어요.

그런 바람도 허망하게, 우도 씨는 정면 출입구로 나가 버렸습니다. 그 태도로 우도 씨 눈에는 마리코 씨가 보이지 않는다는 사실을 알 수 있었습니다.

"그 동급생은 몹쓸 아이네. 아니, 정말이지 한심한 노릇이야."

묻는 대로 학교에서 있었던 일을 모조리 털어놓자 지배인이 달리 수염을 손가락으로 배배 꼬며 말했습니다. 하지만 지배인은 제 고뇌보다 특기에 관심을 보였습니다.

"그나저나. 자네가 마리코를 볼 수 있다니 뜻밖이군. 놀랐어. 아니, 대단해."

"지배인님도 마리코 씨하고 평범하게 사귀고 계시잖아요. 혹시 결혼하셨어요?"

유령과 결혼이라니, 엄청난 일입니다.

제가 말해 놓고도 새삼 놀라고 있는데, 지배인은 저는 안중에도 없고 결혼이라는 말에 민망해서 어쩔 줄 모르겠다는 듯이 부끄러워합니다. 우물쭈물 두 손으로 뺨을 감싸질 않나, 우물쭈물 천장을 올려다보질 않나, 우물쭈물 텔레비전을 켭니다. 그러자 어제와 같은 악덕 외판원 실종 뉴스가 나왔습니다.

"흠."

저희 셋은 무심코 눈물도 민망함도 잊고 텔레비전에 집

중했습니다.

불법적인 영업에 힘을 쏟던 외판원의 일상이 화면 속에서 드라마처럼 재현되었습니다. 예전 동료의 증언이 나오고, 속아 넘어간 고령자가 곤궁해진 처지를 호소하고 있었습니다.

때마침 클라이맥스에서 광고로 바뀌어, 지배인의 관심이 텔레비전 속 우울한 뉴스에서 눈앞의 우울한 고등학생 쪽으로 돌아왔습니다.

"그래서 학교는 어떻게 하려고? 지금 이야기, 부모님께도 말씀드렸어?"

"절대 못 해요."

부모님이 알게 되면 이윽고 온 친척들에게 소문이 납니다. 부끄럽게도 제가 말석을 차지하고 있는 구스모토 가문은 보잘것없는 저와는 반대로 엄청난 사람들로 구성되어 있습니다. 그중에서도 구스모토 관광 그룹을 이끄는 다마에 외고모할머니께 제 꼴사나운 모습을 들키는 날에는…….

어머니가 만들어 주신 도시락, 먹지 않고 버린 음식 위에 툭 떨어져 있는 토끼 귀 모양 사과가 가슴속에 떠올랐습니다. 제 얼굴을 한 사과 토끼가 다진 고기 조림과 채 썬 채소볶음으로 뒤덮여 있었습니다.

한심한 사람은, 바로 저예요.

유령이 보이는 건 알레르기 체질이나 마찬가지. 발에 난 무좀이나 마찬가지. 부끄러운 일은 아니지만 학교 자기소개에서 잘난 척 떠들 일도 아니었는데.

"하지만 그 덕분에 우리가 이렇게 만났고……" 마리코 씨가 말합니다.

"하아."

"자네 사정은 알겠네. 하지만 이대로 계속 등교를 거부한들 어쩌겠나?"

"하아."

"뭐, 일단 점심이나 먹을까."

지배인이 사무용 책상 위에서 모서리가 접힌 두꺼운 종이를 꺼냈습니다. 근처 중화요리점 메뉴였습니다. 잉크젯 인쇄가 녹차 얼룩으로 번진 자리를 가리키며 지배인이 수염을 흔들었습니다.

"난 오랜만에 마파덮밥으로 할까?"

"어머나, 당신, 그끄저께도 마파덮밥 먹었잖아요……."

가녀린 손으로 조물조물 깍지를 끼면서 마리코 씨가 몸을 내밀었습니다.

"그랬던가? 그럼 중화 소스 계란덮밥."

잡탕면이……. 역시 칠리새우가 나아. 난 새우 못 먹어요…….

메뉴를 사이에 두고 지배인과 마리코 씨가 나누는 신혼부부 같은 대화가 끝도 없이 이어지다가 결국 셋 다 카레라이스를 주문하기로 했습니다. 젊은 배달원이 "또 카레예요?"라면서 웃었습니다.

'아아.'

곁들여 나온 모둠 절임을 "못 먹는 거", "좋아하는 거"라며 서로 나누고 있는 두 사람은 수상쩍은 달리 수염 아저씨와 유령입니다. 마리코 씨는 그림자가 없는 트릭 아트 같은 모습으로 즐겁다는 듯 카레를 입에 넣었습니다.

저는 락교를 아작아작 씹으며 새삼 이 현실을 분석해 보았습니다.

유령인 마리코 씨와, 그 배우자인 지배인에게 무슨 문제라도 있을까요?

아니요, 없습니다.

두 사람은 아무 혈연도 상관도 없는 등교 거부 학생인 저를 걱정해 주고 제 마음을 달래 주었습니다. 이 친절한 사람들에게는 고마운 마음밖에 없습니다.

'나는 분명 이 사람들을 좋아하는 거야.'

모두 서로를 '좋아한다'면 혼자서 끝말잇기를 할 필요도 없을 텐데.

그런 결론에 도달했을 때, 우도 씨가 돌아와서 말없이 어두운 계단으로 갔습니다.

잠시 후 로비에는 또 '뒤에 뒤에' 노래가 흘러나왔습니다. 이 노래는 〈역 뒤편 상점가 타령〉이라는 제목으로, 영화 시작 전의 극장 BGM이라고 합니다. 우도 씨가 오후 상영을 준비하는 거라네요.

"원래는 상영 작품하고 상관있는 음악을 트는데. 우리 극장은 상점가하고 상부상조해야 하니까."

"으음, 고풍스러운 노래네요."

"태평양 전쟁 전부터 내려오는 축제에서 쓰는 곡이야. 이 CD는 10년 전 물건이지만."

"이 노래를 부른 사람, 올해 돌아가셨죠. 야마다 가세이라는 아마추어 탤런트였는데……."

"그 사람 이 상점가 출신이야. 야마다 여관 막내아들이지."

"엇……. 마을 자치 회장님 댁……?"

"여관 일손을 도우면서 자비로 엔카 CD를 만들거나 대중 연극배우로 출연하기도 했지. 그뿐인가, 기도사 일도 했어.”

“기도사가 뭐 하는 직업이에요? 감실이나 불단을 관리하는 일인가요?”

무심코 묻자 마리코 씨와 지배인이 웃었습니다.

“기도사는 강령술이나 제령술을 하는 사람이란다.”

“나는 살해당해서 한때 원령으로 지냈는데, 그 시절에 이 노래를 듣지 않아서 다행이야. 만약에 제령당했으면 큰일 날 뻔했어…….”

마리코 씨는 처절한 과거를 태연히 고백했습니다.

“노래 하나 듣는다고 당신처럼 아름다운 사람이 제령당할 리가. 하하하!”

지배인이 쾌활하게 웃었습니다.

“가세이는 그렇게 영험한 사람이 아니야. 그 녀석, 그냥 실속 없는 팔방미인이거든. 뭘 해도 잘해 내는 게 없어. 뭐, 이 노래가 업적 중에서 최고 걸작이겠지.”

“‘뒤에 뒤에’라는 부분이 춤추기 딱 좋아…….”

수다스러운 두 사람을 남겨 두고 제가 먹은 그릇을 씻고 돈을 올려놓았습니다. 지배인은 “카레 한 그릇 정도는 사 줄게”라고 했지만 오전 손님은 단노 씨하고 저뿐, 오후에는 아직 한 명도 오지 않았습니다. 호의를 거절하는 건 실례일지도 모르지만 넙죽 받았다가 게르마 전기관이 망하기라도 하면 주객전도니까요.

그런 말을 할 수도 없어 쩔쩔매고 있는데 때마침 손님이 사무실 창문을 두드렸습니다.

"다음 심야 상영은 언제 하나요? 사십구재에 맞출 수 있으면 다행인데."

오전에도 왔던 남자입니다. 제 기억으로는 오전하고 토씨까지 똑같은 소리를 하면서 심각한 표정으로 사무실 안을 들여다보았습니다.

'아.'

별 뜻 없이 손님의 창백한 얼굴을 바라보다가 숨을 삼켰습니다.

이 손님도 그림자가 없습니다. 마리코 씨와 마찬가지로 트릭 아트처럼 부자연스러운 모습으로 눈앞에 서 있습니다. 마리코 씨와 다른 점은 이 손님이 한층 더 안색이 나쁘고 몹시 불안해 보인다는 것이었습니다.

게르마 전기관.

어쩌면 엄청난 장소일지도 모릅니다. 하지만 구체적으로 뭐가 엄청난지 따져 보지는 않고, 제게 등을 돌리고 있는 지배인에게 꾸벅 고개를 숙였습니다.

“전 이만 가 볼게요.”

작게 말하고 게르마 전기관에서 나왔습니다.

점심까지 먹었지만 시계는 아직 2시 전을 가리키고 있었습니다.

‘이대로 계속 등교를 거부한들 어쩌겠나?’

지배인의 말이 옳다는 건 머리로는 알고 있지만.

고개를 푹 떨구고 역 뒤편 상점가를 빠져나오자, 뒷덜미에 빗방울이 떨어졌습니다.

빗발이 거세지는 않았지만 그칠 줄을 몰라서 역시 어제와 똑같은 해변 공원으로 피했습니다. 텅 빈 공간은 인파 속보다 추웠고, 해안가 근처 정자로 뛰어들자 기다렸다는 듯 빗줄기도 거세졌습니다.

“……”

저는 통학용 백팩에서 얇은 사진집을 꺼냈습니다. 정사각형보다 아주 조금 가로 폭이 넓은, 핸디북 크기의 책자입니다. 표지에는 눈이 크고 동글동글하게 생긴 여우원숭이가 놀란 표정으로 이쪽을 보고 있습니다.

벌써 몇 년 전에 종이모에게 빌린 사진집입니다. 나나에 이모라고 불렀던 그분은 갑작스러운 병으로 돌아가셔서, 이제는 돌려드리고 싶어도 그럴 수 없습니다.

구스모토 관광 그룹의 중심에서 실력을 발휘하던 나나에 이모와 매사 흐리멍덩한 저 사이에는 이 남쪽 섬의 자그마한 원숭이를 몹시 좋아한다는 소소한 공통점이 있었습니다.

'나나에 이모는 여우원숭이가 사는 남쪽 섬에 있을지도 몰라. 나도 이 아이들이 사는 섬에 갈 수만 있다면. 남쪽 섬은 따뜻하고, 나나에 이모하고 여우원숭이 말고는 아무도 없고…….'

우도 씨도 없겠지.

그렇게 중얼거리다가 생각에 잠겼습니다.

"음. 그것도 곤란한데."

여우원숭이 사진집을 도로 넣고 대신 도시락통을 꺼냈습니다. 사실 오늘도 도시락이 있었는데 점심을 같이 먹자는 말을 거절하지 못했던 겁니다.

'내가 다 먹을 거야.'

여러 가지 일이 있어서 그랬을까요. 아까 먹은 카레도 말끔히 소화되어서 어머니가 만들어 준 점심을 맛있게 먹었습니다.

'어머니, 지난번에는 도시락을 버려서 죄송했어요.'

비가 파도 위로 다양한 무늬를 그리는 바다를 저녁 무렵까지 멍하니 바라보았습니다.

바로 그날 밤, 마침내 올 것이 왔습니다.

바로 본가의 다마에 외고모할머니 말입니다. 올해 여든 다섯 살 여장부인 외고모할머니는 구스모토 가문 사람들에게도, 구스모토 관광 그룹 관계자들에게도 세상에서 최고로 무서운 존재입니다.

"회, 회장님."

외고모할머니를 맞이한 아버지는 농담도 과장도 아니고, 현관 매트 앞에서 다리가 풀리고 말았습니다.

세상 경제 동향부터 이웃 소문까지, 외고모할머니의 귀에 들어가지 않는 정보는 없습니다. 때문에 일가친척에 대한 삼라만상을 전부 꿰뚫어 보고 있습니다. 방법은 수수께끼입니다만.

그런 이유로 외도라는 어두운 비밀을 숨기고 있는 아버지에게 구스모토 관광 그룹 최고 권력자의 깜짝 방문은 몹시 두려운 사태인 모양입니다.

"흥."

외고모할머니는 아버지를 무시하고 거실로 들어왔습니다.

그러더니 국자를 들고 아연실색한 어머니 옆을 지나, 소파에 앉아 여우원숭이 사진집을 보고 있던 제 앞에 서지 않겠어요?

"외, 외고모할머니."

등교 거부라는 비밀을 숨기고 있는 저 역시 소파 위에서 얼어붙었습니다.

조명을 등지고 짙은 색 기모노를 입은 다마에 외고모할머니는 유난히 박력이 넘쳤습니다.

"스미레, 학교에 가지 않는 이유를 말하거라!"

아아. 위기일발입니다.

외고모할머니는 제 등교 거부를 심문하기 위해 찾아왔던 것입니다.

딸의 등교 거부를 몰랐던 부모님은 귀에 피가 맺히도록 꾸지람을 듣고 한마디 반론도 못 하고 뒤로 물러났습니다.

"음식이 타는구나!"

외고모할머니는 길쭉한 코를 킁킁거리더니 보행용 지팡이를 치켜들어 주방을 가리켰습니다. 정말 사소한 일도 절대 놓치지 않는 사람입니다.

어머니가 국자를 들고 주방으로 달려갔습니다.

외고모할머니는 뒤에 남겨진 아버지의 얼굴을 매섭게

노려본 다음 제 쪽으로 몸을 돌렸습니다.

"스미레. 어째서 학교에 가지 않는지, 이유를 내게 말해 보렴."

"그, 그건."

저는 말문이 막히고 말았습니다.

게르마 전기관 지배인이 물을 때는 술술 대답했는데, 외고모할머니에게는 도저히 말할 수 없었습니다. 외고모할머니는 엄격한 반면 무조건 핏줄 편을 드는 경향이 있습니다. 이렇게 등교 거부 이유를 따지러 온 것도 저를 야단치려 한다기보다 문제를 해결하려고 출동한 것입니다.

하지만, 그렇지만.

'문제 해결이라고 하면 듣기엔 좋지……'

적의 숨통을 끊어 놓는 게 외고모할머니의 취미입니다.

히라이네 부모님은 동네 마트를 운영한다고 들었습니다. 머리끝까지 화가 난 외고모할머니가 본때를 보여 주려고 지금처럼 지팡이를 한 차례 휘두르며 "문 닫게 해!"라고 일갈한다면 히라이는 큰일 날지도…….

그런 가능성도 있다 보니 그만 엉뚱한 소리를 하고 말았습니다.

"저, 일해 보고 싶어요!"

거짓말은 아니지만 발작처럼 튀어나온 말에 정작 저도 놀랐습니다.

하지만 제가 그럴 정도니 부모님도, 외고모할머니도 입을 떡 벌리고 눈을 휘둥그레 뜨며 깜짝 놀랐습니다.

"스미레, 지금 무슨 말을 하고 있는지 알고는 있니?"

"등교 거부라니, 불량아들이 하는 짓이잖아. 아직 고등학교 1학년인데 그런 좌절을 경험해서 어쩌려고 그래?"

어머니와 아버지가 함께 언성을 높여 저를 타일렀습니다. 부모님의 의견이 일치하는 모습을 오랜만에 본 저는 제가 처한 상황도 잊고 두 분을 번갈아 보았습니다.

그때 외고모할머니의 목소리가 쩌렁쩌렁 울렸습니다.

"좌절이라. 그래, 그것도 좋겠지."

부모님은 물론이고 저도 "네?" 하고 얼빠진 소리를 내고 말았습니다.

"옛날 사람은 '소년은 늙기 쉽고 학문은 이루기 어렵다'고 했는데, 그건 엉터리야. 나이 든 후에도 충분히 배울 수 있지. 그보다 스미레, 네 나이에 좌절을 겪는 건 오히려 행운일지도 모르겠구나. 좌절이야말로 젊음으로 극복할 수 있는 법이니까. 네 부모를 보아라. 저 나이가 되어서야 좌절에 직면하니 아주 고생하지 않느냐?"

외고모할머니가 아버지 얼굴을 흘긋 쳐다보며 씩 웃었습니다.

역시 외도를 알고 있는 겁니다. 상황을 깨달은 아버지의 얼굴이 얼어붙는 것을 저는 긴장한 상태로 지켜보았습니다.

"좌절은 청춘의 필수 과목이라는 걸 명심하거라. 스미레, 내일부터 세상에 나가서 제대로 좌절을 맛보는 거야."

"하지만 고모님. 스미레는 이제 갓 고등학교에 들어갔는데."

"그렇습니다, 회장님. 어차피 등교를 거부하는 사정이 있을 테니, 좌절이라면 학교에서 경험하게⋯⋯."

열심히 반론하는 조카 부부를 보며 다마에 외고모할머니가 본성을 숨기지 않은 목소리로 일갈했습니다.

"인정머리 없는 소리는 하지도 말거라! 너희가 그러고도 부모란 말이냐!"

그러더니 온화한 미소를 머금고 저를 돌아보았습니다.

"스미레. 내일부터 학교는 가지 말고 내 비서로 일하겠니?"

"그렇지만 외고모할머니, 전 게르마 전기관이라는 곳에서 일하고 싶어요."

다마에 외고모할머니에게 하잘것없는 제가 '그렇지만'이

라고 대꾸한 것은 기적이자 폭거였습니다. 부모님은 다음 순간에 폭발할 외고모할머니의 역정이 두려워 소파 뒤로 피신했습니다.

하지만 외고모할머니는 가채처럼 부풀린 머리 옆으로 빠져나온 귀밑머리를 집게손가락으로 긁적거리더니 고개를 끄덕였습니다.

"뭐, 그것도 좋겠지."

3
외고모할머니와 게르마 전기관

이튿날 아침 일찍, 외고모할머니가 집으로 찾아오셨습니다.

식탁에 갓 차려 놓은 아침 메뉴를 보며 접시마다 잔소리를 했지만 사실은 기분이 몹시 좋아 보였습니다. 무슨 바람인지 양장 차림이었는데, 이런 말은 실례겠지만 고딕 롤리타 느낌의 드레스에 모헤어 볼레로 조끼가 어째선지 잘 어울렸습니다.

"고모님도 함께 드시겠어요?"

어머니가 마지못해 권한 자리에 앉은 외고모할머니는

"이런 음식을 먹여서 내 수명을 깎아 먹을 심산인 게야?"라고 말하면서도 역시 즐거워 보였습니다.

"뒷동네 뒤에 뒤에 역 뒤편……."

그러더니 게르마 전기관에서 흘러나오는 〈역 뒤편 상점가 타령〉을 콧노래로 흥얼거리기 시작해서, 저도 모르게 외고모할머니를 뚫어져라 쳐다보고 말았어요.

"외고모할머니, 혹시 게르마 전기관에 가 보셨어요?"

"암, 옛날에는 자주 갔지. 고등여학교를 졸업한 해에도 서양 영화를 보러 갔단다. 종전 이듬해였는데 부랑자가 극장에 몰래 들어와 스크린을 잘라 가던 힘든 시절이었어. 구두 닦을 천으로 쓴다나. 그래서 누덕누덕 기운 스크린에 영사기를 틀어서, 아름다운 여배우 얼굴도 미인인지 프랑켄슈타인인지 모를 지경이었다니까."

그게 1946년이었다면서 호호호, 하고 날카롭게 웃었습니다.

외고모할머니는 옛날이야기를 늘어놓으면서도 어느 틈에 아침 식사를 마쳤습니다. 젓가락을 들고 멍하니 듣고 있던 저는 퍼뜩 정신을 차리고 허둥지둥 밥을 입에 쑤셔 넣다가 게걸스럽다고 야단을 맞았습니다.

"손녀를 잘 부탁드립니다."

좁은 게르마 전기관 사무실에서 외고모할머니가 고갯짓이나 다름없이 까딱 인사했습니다. 정확히 따지자면 저는 외고모할머니의 남동생의 외손녀지만, 그 부분은 대충 넘어갑니다.

"받아 주세요."

외고모할머니가 지배인에게 건넨 두툼한 봉투에는 두께에 비례하는 돈다발이 들어 있었던 모양입니다. 고급스럽게 장식된 봉투 겉면에 '사례금'이라는 글자가, 뒷면에는 금액이 적혀 있었습니다.

"끅."

지배인이 숨넘어가는 소리를 내더니 봉투를 급히 주머니 속에 감추었습니다. 그러더니 물 흐르듯 자연스러운 동작으로 한 손을 머리 위로 빙글빙글 돌리더니 한쪽 무릎을 꿇고 중세 기사처럼 고개를 숙였습니다. 이럴 때의 지배인은 조금 멋집니다.

"이 아이가 인생의 좌절을 겪기 위한 수업료예요."

외고모할머니의 직설적인 말에도 지배인은 전혀 개의치

않고 "분부에 따르겠습니다"라며 두 손을 모았습니다. 이건 조금 볼썽사나웠습니다.

돈 문제는 어쨌든, 제 처우는 이곳 아르바이트생으로 가닥이 잡혔습니다. 아르바이트생인 이상 이력서를 내야 하는데 취미란에 '영화 감상'이라고 쓴 건 사실 거짓말입니다. 대신 특기란에는 '가끔 유령을 본다'라고 정직하게 썼습니다.

미리 훑어본 외고모할머니가 "장난치지 말거라!"라고 혼낼 줄 알았는데, 어찌 된 일인지 "흐음" 하고 눈썹만 씰룩거렸습니다.

지배인은 외고모할머니가 건넨 이력서를 공손히 받아들더니 내용도 살펴보지 않고 금고에 넣었습니다.

"저기. 내용 확인은……."

무심결에 뒤에서 끼어든 제게 지배인이 동그란 눈으로 윙크를 던졌습니다.

"아가씨, 아무 걱정 말아요."

사례금이 든 안주머니를 툭 치더니 듬직하게 고개를 끄덕입니다. 지배인은 그대로 외고모할머니 쪽으로 몸을 돌려 다시 한번 기사처럼 고개를 숙였습니다. 저렇게 움직여도 더블유 수염이 흐트러지지 않다니 대단합니다.

"극장 안을 안내해 드리겠습니다."

지배인은 우리를 데리고 게르마 전기관 안을 정중하게 안내했습니다.

"2관은 현재 휴관 중이라 이쪽 1관을……."

정면 현관으로 들어가면 바로 로비입니다. 검은 합성 가죽을 씌운 긴 의자가 벽 앞에 놓여 있습니다.

구석에 핑크색 간이 공중전화가 있는데, 자칫하면 못 보고 지나칠 위치입니다.

매점과 매표소가 있고, 그 안쪽이 극장 입구입니다.

로비 오른편 안쪽은 사무실. 다다미 넉 장 반 정도 되는 좁은 공간에 응접세트와 지배인의 사무용 책상, 사물함, 그 위에 14인치 브라운관 텔레비전. 칠복신, 복고양이, 십이간지 조각상, 금붕어 어항, 조화가 든 워터볼, 다 쓴 영화 필름 캔이 놓여 있습니다.

베일 속 영사실로 이어지는 계단도 사무실 안에 있습니다.

우도 씨가 맡고 있는 영사실은 제게는 미지의 장소지만 오늘은 구경할 수 있을지도 몰라 남몰래 기대하고 있었습니다. 한편으로 우도 씨 앞에서 외고모할머니가 이상한 짓이라도 한다면…… 그런 크나큰 불안감도 들었습니다.

"잡동사니가 많아 너저분하네."

거침없이 말씀하시는 외고모할머니 뒤에서 저는 고개를

꾸벅꾸벅 숙이며 사과했지만 지배인은 전혀 개의치 않는 기색이었습니다.

"이쪽이 숙녀용 화장실입니다. 가운데 칸은 공교롭게도 고장 나서 현재 수리 중입니다. 신사용 화장실은 저쪽입니다."

"남자분 용무 보는 곳을 누가 구경한다는 거죠? 자, 다음 장소로 가죠, 다음."

외고모할머니는 극장 쪽을 턱짓으로 가리켰습니다.

극장에는 저도 지금까지 두 번 들어가 봤는데 100석쯤 되는 고색창연한 공간입니다.

닳아빠진 벨벳 좌석은 가운데가 솟아 있어 앉아 있으면 엉덩이가 뻐근해집니다. 원래 무늬와 색을 알아볼 수 없을 정도로 낡은 무대막을 바라보던 외고모할머니가 조금 안타깝다는 표정을 지었습니다.

"많이 낡았군요."

"이거, 부끄럽기 그지없습니다."

"저쪽이 영사실이군요."

외고모할머니가 그렇게 말하며 극장 뒤쪽 벽을 올려다보자 제 가슴도 급기야 덜컥 요동쳤습니다.

"구경하고 싶네요."

외고모할머니가 영사실을 보고 싶다고 떼를 써서 뒤에 있던 저는 내심 작게 쾌재를 불렀지만, 아니나 다를까 영사실에 들어갈 때 옥신각신했습니다.

사무실 안에서 삐걱거리는 좁은 계단을 올라가서 역시 삐걱거리는 낡은 문을 열자마자 우도 씨가 눈앞에서 가로막은 것입니다. 외고모할머니가 입고 있는 모헤어 볼레로에 문제가 있다고 했습니다.

"필름이나 기계에 먼지가 붙습니다."

그게 문전박대의 이유였습니다.

그렇군요. 사람들 어깨 너머로 들여다본 영사실은 극장의 다른 장소와 마찬가지로 낡았지만 구석구석 먼지 하나 없이 깔끔했습니다. 필름을 상하게 하는 먼지나 쓰레기는 영사 기사에게 철천지원수라고 합니다.

하지만 문전박대에 쓰레기의 화신 취급까지 받은 외고모할머니가 얌전히 물러날 리 없습니다.

"영사실을 보여 주지 않으면 여기서 손녀가 일하게 허락할 수 없어요."

"일할 필요 없습니다."

"우도 군! 우도 군! 우도 군!"

외고모할머니가 사례금을 돌려 달라고 손짓하자 지배인

이 큰소리를 질렀습니다.

어쩌면 좋을지 몰라 당황하고 있는데 그때까지 보이지 않던 마리코 씨가 나타나서 외고모할머니의 옷을 칭찬했습니다.

"회장님, 오늘은 양복이네요, 멋져요……."

"혹시 마리코 씨, 우리 외고모할머니를 아세요?"

깜짝 놀랐지만 마리코 씨의 대답을 듣기 전에 외고모할머니가 제 팔을 홱 잡아당겼습니다.

"자, 스미레. 영사실에 가 보자꾸나."

"들어오시죠."

잠깐 사이에 뭔가 결판이 났는지 우도 씨가 무뚝뚝한 얼굴로 저희를 영사실로 들여보내 주었습니다. 외고모할머니는 심술궂게 검은 볼레로 앞섶을 펄럭거려 잔털을 날리면서 악마처럼 웃었습니다.

"옛날에 아버지를 따라 활동사진을 보러 가면 말이지……."

외고모할머니는 객석 쪽으로 난 창문으로 다가가 만족스럽게 입가를 씰룩거렸습니다. 옛날에는 영화를 활동사진이라고 했다는 설명을 덧붙이며 계속 말했습니다.

"어렸을 때라 어찌나 기뻤는지, 외출용 양복에 새 구두를 신었단다. 극장에 가서 자리에 앉았을 때의 즐거움이란 말로 다 할 수 없지. 자리에 앉아서 문득 뒤를 돌아보면 저 높은 곳에 자그마한 창문이 있는 거야. 극장 안이라는 게, 꼭 먼지가 떠다니잖니?”

또 모헤어 볼레로를 펄럭거리는 외고모할머니.

“영사실에서 나오는 빛을 받아서 그 부분만 먼지나 티끌이 또렷하게 보이는 거야. 뭐, 먼지니 좋은 건 아니지. 하지만 어린 마음에는 마법 가루처럼 보였단다. 저 꼭대기 작은 곳에서 나오는 마법 가루가 영화가 되는 거라고 생각했어.”

“……”

지배인도 우도 씨도 저도, 마리코 씨까지 잠시 귀 기울여 들었습니다.

모두…… 적어도 저는 조금 감동했습니다.

텅 비어 있는 게르마 전기관의 낡은 객석이 아직 반짝반짝 새것이었을 때, 손님으로 가득했을 시절이 가슴속에 살며시 떠오른 것입니다. 지금처럼 고딕 롤리타 스타일의 양복을 입고 아직 어린 외고모할머니가 들떠서 스크린을 바라보는 모습이 보이는 것만 같았습니다.

“그럼 그쪽부터 구경하시죠. 상영 과정을 설명해 드릴 테니.”

우도 씨가 조금 부드러워진 말투로 말했습니다. 표정에서 어쩐지 적대감이 사라진 것 같았습니다. 어쩌면 우도 씨도 지금 들은 추억담에 마음이 풀린 걸지도 모릅니다.

"으음. 영사실에는 영사기와 편집대라는 게 있어요. 게르마 전기관에서는 한 편의 영화를 전반부와 후반부로 나눠서 영사합니다."

우도 씨가 설명을 시작했습니다.

배급 회사에서 받은 필름은 몇 권으로 나뉘어 있고, 그것을 편집대에서 연결합니다.

전반부와 후반부로 나누어 두 개의 커다란 릴에 감은 필름을 각각 영사기에 겁니다.

……그렇게 설명하면서 우도 씨가 영사기를 돌렸습니다. 렌즈에서 나온 빛이 창문 너머 스크린을 하얗게 비추었습니다.

"영화가 나올 생각을 안 하네."

"이건 테스트용 필름이라 영상은 안 나옵니다."

"뭐야, 시시하기는."

또 볼레로를 터는 외고모할머니를 우도 씨가 매서운 눈으로 노려봤습니다.

외고모할머니는 그걸 아니까 더 심술을 부립니다. 저는

그만 달려들 뻔했는데, 외고모할머니의 관심이 다른 데로 옮겨 가서 서로 목숨을 구했습니다.

"어머나? 이건 뭐지?"

외고모할머니는 철제 선반 위에 놓인 금속 원반을 집어 들었습니다. 영화를 넣는 필름 캔으로, 덮개에 《주마등 전 1권》이라고 적혀 있습니다.

"아아, 이런 걸 편집대라는 곳에서 연결해서 영사기에 건 다는 거군요."

"그렇습니다, 예."

지배인이 허겁지겁 달려와 외고모할머니에게서 필름 캔 을 받아 가려 했지만 실패로 끝났습니다. 저는 뒤에서 살금 살금 다가가 손을 뻗어 보았지만 외고모할머니는 《주마등》 을 손에서 놓으려 하지 않았습니다.

"이건 1권이 끝이군요. 필름 하나면 20분짜리 단편 영화 라는 뜻인가요? 단편 영화는 본 적이 없어서 몹시 궁금하군 요……."

당장이라도 틀어 달라고 할 기세의 외고모할머니를 우 도 씨가 막았습니다. 긴 팔을 훌쩍 뻗어 외고모할머니 머리 위로 필름 캔을 빼앗았습니다.

"슬슬 오전 상영 준비를 해야 합니다."

그만 나가 달라는 듯이 우도 씨가 손을 휘휘 저었고, 우리는 영사실에서 쫓겨났습니다.

"여긴 정말 낡아 빠졌군요."

그 후로도 외고모할머니는 돌아가지 않고 로비에서 어슬렁거렸습니다.

상영 시간이 다가와 관내 BGM 〈역 뒤편 상점가 타령〉이 나와도 언제나 그렇듯 손님은 올 기미가 없었습니다.

외고모할머니는 지배인에게 "한 사람도 안 오잖아"라고 위압적으로 말했습니다. 《주마등》이라는 단편 영화를 못 본 것이 못내 아쉬운 모양입니다.

"중간에 보러 오는 분이 계실지도 모르니까요. 영화관은 정해진 대로 상영해야 합니다."

지배인이 안주머니에 든 돈 봉투를 두 손으로 누르며 정중하게 말했습니다.

외고모할머니는 불쾌하다는 듯 콧방귀를 뀌었지만 그래도 돌아가려 하지는 않았습니다. 차에서 기다리던 비서가 걱정이 되어 상황을 살피러 오자 우도 씨가 그랬던 것처럼 손을 휘휘 저어 쫓아냈습니다.

얼마 후에 찾아온 손님은 어제도 왔던 안색 나쁜 남자였습니다. 지배인 앞을 지나쳐 사무실 창문을 두드리더니 아무도 없는 실내를 향해 외칩니다.

"다음 심야 상영은 언제 하나요? 사십구재에 맞출 수 있으면 다행인데."

저는 조금 무서운 생각이 들어 외고모할머니의 팔을 붙잡았는데, 외고모할머니는 제 귓가에 "못 본 척하렴"이라고 속삭이고는 입을 다물었습니다.

혹시 외고모할머니 눈에도 저 손님이 보이는 걸까요? 외고모할머니도 유령이 보이는 체질일까요?

매점 안에서 깃털 부채를 들고 "뒤에 뒤에"라고 노래하며 춤추는 마리코 씨를 보면 이런 유령이 있어도 괜찮지 않을까 싶긴 하지만요.

'여기가 유령이 찾아오기 쉬운 장소일까?'

그런 생각에 잠겨 있으려니 로비 구석, 간이 공중전화와 고무나무 사이에 어느새 인파가 모여 있었습니다.

"어머나, 저긴 뭐지?"

외고모할머니도 서둘러 다가갔습니다.

사람들이 에워싸고 있는 작은 테이블 위에 손으로 쓴 전단지가 쌓여 있었습니다. 다들 "내일이군요", "긴장되네요", "드디어 하네요"라며 떠들썩한 분위기였습니다.

"어디, 어디."

외고모할머니가 돋보기안경을 쓰고 읽으려 하니 무슨 이유에선지 지배인이 허둥지둥 달려와 전단지를 낚아챘습니다.

"이, 이건 회장님께는 아직 필요 없는 겁니다."

이마에 송골송골 땀이 맺힌 지배인이 문지기라도 하듯 남은 전단지도 등 뒤로 감춰 버렸습니다.

'으악, 역효과야.'

외고모할머니의 폭발이 두려워 저는 몸을 잔뜩 움츠렸습니다.

걱정되었는지 마리코 씨도 다가와서 두 사람의 대화를 흥미진진하게 지켜보았습니다.

"그런 것 같군."

뜻밖에도 외고모할머니는 이성적으로 대답하고 돋보기안경을 벗었습니다. 그리고 다시 고풍스러운 로비를 둘러보더니 제 쪽을 돌아보았습니다.

"그래. 네가 좌절을 경험하기에 이곳이 안성맞춤일지도 모르겠구나."

외고모할머니는 역시나 쌀쌀맞게 말하고는 제 팔을 툭툭 치더니 정문으로 나가 버렸습니다.

외고모할머니를 태운 요란한 자동차를 떠나보내고 이유

도 없이 지쳐서 돌아오니 우도 씨가 로비까지 나와서 기다리고 있었습니다.

"매점에 손님이 계셔. 아르바이트로 왔으면 얼른 일해."

옳은 말씀입니다.

✦

낡은 남색 상의에 사인펜으로 '구스모토'라고 쓴 이름표가 붙어 있습니다. 우도 씨가 써 주었습니다. 서예 선생님처럼 아름다운 글씨였습니다.

매점에서 팝콘을 팔고, 탄산음료를 팔고, 표를 팔고, 입장을 확인하는 게 저의 업무입니다. 듣기만 하면 바쁠 것 같지만 실제로는 손님이 거의 없어서 한가했습니다.

단골손님 단노 씨는 오늘도 잔술을 가져와서 지배인에게 잔소리를 들었습니다. 외고모할머니 때문에 1년 치 스트레스를 한꺼번에 받은 지배인은 마리코 씨에게 들러붙어 응석을 부리며 단노 씨에게 화풀이를 하고 있습니다.

관내 BGM이 끝나고 신호음이 울린 뒤 이제 상영이 시작되려는데, 낯익은 여자가 유치원생 정도 되어 보이는 소녀를 데리고 정문으로 들어왔습니다.

유심히 보니 아버지의 불륜 상대가 아니겠어요!

철천지원수를 마침내 만난 셈이지만 원수를 눈앞에 두고도 할 수 있는 일은 없어 저는 시치미를 떼기로 했습니다. 아아, 어쩌면 이리도 한심하고 용기가 없는지…….

화장도 하지 않고 여러 번 빨아 늘어진 운동복을 입은 여자는 조금 지쳐 보였습니다.

이 사람이 예쁘게 차려입고 있는 모습을 본다면 그건 그것대로 화가 나겠지만 지친 모습을 봐도 어쩐지 화가 났습니다. 아마 제가 지금 화를 내는 상대는 이 사람이 아니라 아버지일 겁니다.

"어머, 못 보던 사람이 있네. 학생이에요?"

불륜 상대는 저를 보고 그렇게 말했지만 딱히 대답을 원하는 태도는 아니었습니다. 어린 딸에게 팝콘과 표를 한 장사 주고는 그대로 돌아갔습니다. 소녀는 홀로 남겨지고 말았습니다.

"분실물은 없나요?"

소녀는 사무실로 달려가 로비 쪽으로 난 유리창을 두드리며 크게 외쳤습니다.

마리코 씨가 고개를 내밀고 익숙한 투로 "없어……"라고 대답했습니다.

“알겠습니다!”

소녀는 씩씩하게 대답하더니 이번에는 극장 문을 열려고 했습니다.

‘어머나.’

이 작은 아이 눈에도 마리코 씨의 유령이 보이는 겁니다. 다시 말해 이 아이는 저와 같은 부류인 거죠. 그렇게 생각하니 조금 친근감이 들어 소녀가 작은 몸으로 격투를 벌이고 있는 육중한 문을 잡아 주었습니다.

“고마워요!”

소녀는 뒤돌아보더니 작은 코를 벌름거리며 커다란 눈을 가늘게 뜨고 생긋 웃었습니다.

고등학생쯤 되면 이렇게 작은 아이를 볼 기회는 거의 없습니다. 저는 천진난만하고 귀여운 소녀의 모습에 충격을 받았습니다.

이렇게 작고 귀여운 아이가 내 적이라니!

아버지는 정말 바보, 천치, 멍청이야!

하지만 역시나 적은 강력했고, 단노 씨가 혼자 프랑스 영화를 즐기고 있는 객석 사이를 종횡무진 질주하고, 배우가 말하는 프랑스어를 우스꽝스럽게 흉내 내며 요란을 떨었습니다.

'이, 이건, 위험한데.'

우도 씨가 화내기 전에 끌어내야 합니다. 저는 초조해졌습니다. 하지만 아이를 어떻게 다뤄야 할지 몰라 전전긍긍하는 사이, 결국 우도 씨가 나타나고 말았습니다.

'영화의 신이시여, 부디 눈앞에 있는 적의 아이를 구해 주소서!'

우도 씨 성격에 상대가 어린아이라도 용서하지 않을 테고, 제가 도우러 가면 더더욱 용서해 주지 않겠지요.

……그럴 줄 알았는데, 우도 씨는 무뚝뚝한 태도였지만 소녀의 손을 잡고 로비로 데리고 나가더니 말없이 영사실로 돌아갔습니다.

그 후에도 소녀는 얌전히 있을 생각이 없는지 로비 한복판에 서서 춤을 추기 시작했습니다. 마리코 씨의 부채춤과 비슷한 이유는 본인이 직접 전수했기 때문인지도 모릅니다.

"작년 크리스마스 때 여기도 만화 축제 같은 걸 했거든"

매점 카운터로 돌아가니 지배인이 다가와서 소녀를 가리켰습니다.

"여긴 재개봉관이니까 막 개봉한 신작이 아니라 고전 명작 두 편을 연속 상영했어. 그랬더니 저 아이가 아버지하고 둘이 왔지. 아버지는 중간에 혼자서 밖으로 나갔는데, 그대로 돌아오지 않았어.”

“네?”

“영화관으로도 집으로도 돌아오지 않았대.”

그 후로 매일, 소녀는 영화관을 찾아온답니다.

소녀는 자기가 아버지를 여기서 실수로 떨어뜨렸다고 생각하는 것 같았습니다. 다시 말해 분실물이지요. 열쇠고리처럼, 손수건처럼, 아버지를 여기서 실수로 잃어버렸다고 생각함으로써 아이 나름대로 상황을 받아들이려 했다고 합니다.

“실제로는 어떻게 된 건가요?”

판매용 팝콘을 먹는 지배인의 뒷모습을 향해 물어봤습니다.

“우리 팝콘, 상당히 짜네.”

지배인은 자동판매기에서 리본시트론이라는 레몬맛 탄산음료를 사서 빨대를 꽂고 맛있다는 듯 마셨습니다.

“실제로는 말이지, 증발했어.”

“증발? 증발이라고요? 어떻게 그럴 수 있죠?”

저는 마리코 씨와 나란히 춤추는 소녀를 쳐다보았다가 지배인에게 다시 시선을 돌렸습니다.

제가 어지간히 분통 터지는 표정을 짓고 있었는지, 지배인은 살짝 몸을 틀더니 변명하듯 리본시트론을 쪽쪽 빨아

마셨습니다.

"어머니가 매일 여기에 어린 딸을 두고 가 버리니 나도 어떻게 된 상황인지 알아야 하잖아. 내가 딱히 소문을 좋아하는 아저씨라 그런 건 아니야."

"저기. 지배인님을 소문을 좋아하는 아저씨라고 생각한 적 없는데요."

"음."

지배인은 리본시트론을 쪽쪽 다 마시더니 진지한 표정으로 고개를 주억거렸습니다.

"실종되고 얼마 지나 집으로 우편물이 배달되었대."

'너무 지쳐서 혼자 있고 싶어. 찾지 마. 죽지는 않을 거야.'

"그게 뭐예요!"

지배인이 팔짱을 끼고 "스미레 양, 진정해"라고 속삭였습니다. 로비에 있던 두 사람이 춤을 멈추고 저희를 쳐다보았습니다.

"스미레 양, 자네는 얌전해 보이는데 이따금 구스모토 회장님하고 똑같이 굴 때가 있어."

"그, 그런가요?"

“음.”

지배인이 제게도 리본시트론을 사 줘서, 꿀꺽꿀꺽 마셨습니다.

“아버지가 증발했으니 어머니는 일을 해야지. 한편 어린 딸은 아버지가 게르마 전기관으로 돌아올 거라고 믿고 있어.”

자연스럽게 게르마 전기관이 탁아소 역할을 하게 되었다고 했습니다.

“사정이 그러니 스미레 양, 잘 돌봐 주도록.”

“네?”

결국 저는 자그마한 소녀의 보모 역할까지 떠맡게 되었습니다.

소녀는 계속 영화관 안을 기웃거렸고, 문 닫을 시간이 되자 저희 아버지 불륜 상대인 어머니가 데리러 왔습니다.

달리 찾아오는 손님도 없습니다. 저는 세상 물정도 모르고 등교 거부 중이지만 아버지의 불륜 상대와 그 딸에 대한 복잡한 동정심과 게르마 전기관의 경영 상태를 생각하니 기분이 암울해졌습니다.

어쨌거나 제가 했던 말은 거둬야겠습니다.

저 가엾고 자그마한 소녀는 적이 아니었습니다.

저와 저 소녀는 동지입니다.

학대받는 자여, 단결하라.

전철을 타고 돌아가니 어머니가 역에서 기다리고 있었습니다.

잘 없는 일이라 깜짝 놀랐습니다. 무슨 일이냐고 묻자 학원에서 돌아오는 길이라고 했습니다.

"뭐야, 깜짝 놀랐잖아."

어머니는 확실히 배우는 걸 좋아해서 꽃꽂이, 서예, 요리, 기모노 입는 법 등, 결혼 전부터 배우던 수업만으로도 모자라 요즘에는 가라테까지 배우고 있습니다.

무예 기초를 익히면 여차할 때 상대에게 폭력을 휘두르려는 욕구를 억누를 수 있다는 게 배움의 동기라고 합니다. 그 상대란 역시 아버지일까요?

나무아미타불, 나무아미타불, 불안, 안경알, 알리바이, 이성애……

그만 습관처럼 끝말잇기를 시작한 제게 어머니가 뜻밖의 말씀을 하셨습니다.

"엄마도 전에 딱 한 번 게르마 전기관에 가 봤어."

"아버지하고?"

그렇게 묻자 어머니는 피식 웃었습니다.

"설마. 나나에 언니하고 함께 갔어. 하지만 거기, 굉장히 엉터리 극장이야. 프랑스 영화를 보고 있었는데 갑자기 무협 활극으로 바뀌었거든. 깜짝 놀랐어."

"그럴 수도 있어?"

"영사 기사가 필름을 연결해서 편집할 때 그만 실수로 다른 필름을 붙였대. 엉터리지. 그래서 화가 나서 극장 사람하고 싸웠지 뭐니."

"영화관 사람이라면 살바도르 달리 수염을 가진 외국 신사 같은 사람?"

"아니야. 펀치 파마 머리에 말씨가 여자 같은 아저씨였어."

"흐음."

아무래도 지금 지배인하고는 다른 사람인가 봅니다.

"어머니도 당황스러웠겠어요."

"뭐, 이제 와서 생각해 보면 그리운 추억이지."

"응. 그럴지도 모르겠네."

저는 외고모할머니가 발견한 《주마등》 필름 캔을 떠올렸습니다.

'필름 하나에 20분이라고 했지?'

우도 씨는 영화 한 편을 영사기에 걸 때는 전반부와 후반부로 나뉘도록 편집해서 이어 붙인다고 했습니다. 그러니까 실수로 다른 영화 필름을 붙이면 어머니 말처럼 엉뚱한 해프닝이 생길 수도 있습니다.

"지금 영사 기사는 그런 실수 안 해요. 업무에 굉장히 열정적이거든요."

필름을 잘못 붙이다니, 우도 씨에게 그런 이야기를 하면 어떤 표정을 지을까요?

분명 그 잘생긴 눈을 심술궂게 찡그리며 '흥'이라고 비웃겠지요. 멋져요.

'우도 씨는 언제부터 게르마 전기관에서 일했을까?'

나이는? 사는 곳은? 사귀는 여자는 없기를. 설마 기혼자는 아니겠지?

우도 씨에 관한 정보는 뭐든지 알고 싶어요. 여뀌 잎을 좋아하는 벌레도 있다잖아요, 그런 입맛을 가진 벌레라면 분명 라이벌도 없을 테니 이득이지요.

"어머니, 여뀌 잎이 뭐예요?"

"회 요리에 곁들여 나오는 깻잎처럼 생긴 채소 있잖니. 조금 쌉쌀한 맛이 나."

“어, 그걸 먹어요?”

“먹지 그럼. 여뀌 잎도 좋아하는 벌레가 있다고 하는 속
담 못 들어 봤어?”

아무리 취향은 제각각이라지만, 그건 먹기 싫은데요.

4
게르마 전기관의 업무

아침, 일찌감치 게르마 전기관에 출근해 로비를 걸레질 했습니다.

아직 아무도 오지 않아서 마음 놓고 "뒤에 뒤에"라고 콧노래를 부르며 마리코 씨 흉내를 내어 춤도 춰 봤습니다.

'너희는 청소한다는 게, 각진 곳은 둥글게 쓸고 둥근 곳은 각지게 닦는구나.'

입학하고 얼마 지나지 않았을 때 가정 선생님께 혼난 적이 있어 구석구석 꼼꼼히 닦아야 해요. 하지만 이곳 게르마 전기관의 컴컴한 구석은 바퀴벌레가 뒤집힌 채 죽어 있을 것처럼 무서운 느낌이긴 합니다.

'제일 그럴듯한 장소가 바로 여기.'

로비 안쪽, 빛이 비치지 않는 자리.

살짝 불길한 예감을 억누르며 핑크색 간이 공중전화 아래를 들여다보니 그 옆 고무나무 화분 그늘에 가린 오래된 목제 테이블이 눈에 들어왔습니다. 어제 사람들이 모여 있던 자리입니다.

이렇게 좁은 로비에서 신기하게도 눈에 안 띄는 자리.

이유는 몰라도 쉽게 지나치는 자리인지 정말 배를 드러내고 죽어 있는 바퀴벌레를 발견하고 말았습니다. 심지어, 다섯 마리나.

"!"

이런 때 돋는 소름은 언제 봐도 굉장해요. 팔을 들어 올려 살펴보니 정말 오돌토돌 튀어나오지 않았겠어요? 무심코 시선을 빼앗겼습니다…….

제 닭살에 빠져 현실 도피를 하고 있을 수만도 없어서 어떻게든 죽은 바퀴벌레들을 치우고…… 다시 테이블을 쳐다보니 직접 만든 전단지가 놓여 있었습니다. 어제 외고모할머니가 읽으려 하자 지배인이 낚아챈 전단지겠지요.

외고모할머니에게는 필요 없는 물건이라고 했는데.

외고모할머니도 읽지 못하게 했으니 저도 봐서는 안 될 것 같았습니다.

어떤 의미심장한 내용이 적혀 있어서 그러는지, 그럴수록 궁금해지는 게 사람 마음 아니겠어요? 그래서 그만 몰래 전단지를 들여다보았습니다.

초승달 밤 심야 상영.

게르마 전기관 2관에서.

5월 21일, 오후 11시부터 《주마등》 상영.

인생의 한 장면, 한 장면을

감동과 함께 되돌아보는 여정을 그린 명작.

무슨 뜻인지 잘 모르겠네요.

2관은 경영상의 이유로 폐쇄해서 사실상 창고로 쓰고 있을 텐데. 심야 상영 시간에만 여는 걸까요? 그렇다면 청소가 힘들겠어요.

'앗……. 주마등?'

《주마등》은 외고모할머니가 영사실에서 발견한 단편 영화 제목입니다.

밤 11시에 굳이 20분밖에 안 되는 단편 영화를 상영하다니, 부자연스러워요. 외고모할머니가 필름을 발견했을 때도 지배인은 허둥거렸죠.

역시 지배인은 수상한 사람입니다. 어쨌거나 유령을 아내로 삼았으니까요.

'그래도 사람은 좋지만.'

그 지배인은 방금 전 사무실로 들어가서 마리코 씨와 대화하고 있었습니다.

"오늘 밤 말인데, 정말 안 가 봐도 돼?"

지배인의 목소리에는 혼자 하는 끝말잇기처럼 서글픈 울림이 있었습니다.

"당신만 남겨 두고 가기 싫은걸……."

멜로드라마 같은 두 사람의 대화를 관내 BGM이 덮어 버렸습니다.

'흠.'

저 두 사람, 무슨 일이라도 있는 걸까요?

신경이 쓰여서 사무실 쪽을 돌아보다가 제 바로 뒤에 있던 사람과 콧등을 부딪칠 뻔했습니다.

"꺅!"

그 사람은 아무 기척도 없이 제 뒤에 서 있었습니다. 더군다나 거기 있을 리 없는 사람이라 저도 모르게 목이 터져라 비명을 지르고 말았습니다.

"히라이?"

어찌 된 영문인지 같은 반 히라이 레이나가 게르마 전기관에 있었습니다.

"이 곡, 뭐야?"

히라이는 '뒤에 뒤에' BGM이 흘러나오는 천장을 향해 두 팔을 펼쳤습니다.

"영화관에서는 보통 인터미션 때 영화 주제가를 트는데, 이 곡은 영화하고는 상관없는 〈역 뒤편 상점가 타령〉이라는 노래로……."

"누가 그런 게 궁금하대?"

히라이가 짜증을 내며 날카롭게 외쳤습니다.

저도 모르게 "미안"이라고 말하려는데 어쩐 일로 손님들이 들어왔습니다.

태국요리점, 자전거 가게, 채소 가게, 얼음 가게…… 모두 상점가 사모님들입니다. 흥겹게 들떠 있는 모습을 보니 가까운 친구들끼리 함께 온 모양입니다. 〈역 뒤편 상점가 타령〉 노랫소리에 귀를 기울이더니 이렇게 말합니다.

"이거, 야마다 여관 막내아들이 부른 거지? 정말 목소리 하나는 끝내준다니까."

"맞아, 가세이가 부른 거야."

"젊은 나이에 그렇게 가 버리다니."

"심금을 울리는 좋은 노래야."

입을 모아 그렇게 작고한 가수를 칭찬합니다.

"잠깐."

손님들의 대화에 정신이 팔려 있는 제 팔을 히라이가 꽉 움켜쥐었습니다.

"구스모토, 학교엔 왜 안 와? 날 피하는 거야?"

"피한다기보다……."

굳이 말하자면 너희가 무시라는 형태로 나를 피하는 것 같은데. 그런 반론을 마음속에만 담아 두려니 히라이가 눈썹을 한껏 찌푸렸습니다.

"나 좀 도와줘. 네가 아니면 누구한테 부탁해야 할지 모르겠어."

심각한 분위기의 히라이를 보고 로비가 술렁거렸습니다.

"어머나, 싸우나 봐."

"아가씨, 여기 손님 왔어."

손님들이 매점 앞에서 저를 향해 손짓했습니다. 저는 히라이에게 대걸레를 맡기고 카운터 안으로 달려갔습니다.

표를 팔고 팝콘을 건네다 보니 '뒤에 뒤에' BGM도 그치고 상영 시작을 알리는 신호음이 울렸습니다.

손님들이 극장으로 들어가자 로비에는 저와 히라이만 남고 말았습니다. 지배인와 마리코 씨는 사무실에서 뭔가 심각한 이야기를 나누는 눈치입니다. 어쩐지 공기가 더 무거워진 것만 같습니다.

"히라이 넌 영화 안 봐?"

"내가 영화나 보러 온 것처럼 보여?"

히라이가 한껏 치켜뜬 눈으로 저를 노려보았습니다.

"히라이, 학교는 어쩌고? 빠졌어?"

"너도 빠졌잖아."

목소리가 떨리고 있었습니다. 저는 그제야 히라이가 화난 게 아니라 겁에 질려 있다는 걸 알아차렸습니다.

의자를 권하자 히라이는 털썩 걸터앉았습니다. 정말 기운이 없는지 낮은 테이블에 몸을 숙이고 알루미늄 재떨이를 손가락으로 톡톡 칩니다.

"우리 할머니가 돌아가셨다는 얘기는 전에 했지? 그때 네가 날 버리고 가 버렸잖아."

학생 식당에서 버려진 건 나였는데?

"할머님이 연말에 돌아가셨다고……."

"기억하는구나. 그럼 그 뒷이야기도 들어 줘."

"어?"

구스모토 스미레, 여기서 싫다는 말을 차마 못 합니다.

히라이의 할머니, 히라이 후에코 씨는 12월 31일에 돌아가셨다고 합니다. 고독사였습니다. 1월 중순이 지나서야 발견되었습니다.

"새해 인사는?"

"아무도 안 갔어."

"세상에."

"항상 그랬어."

"그래?"

얼마나 쓸쓸했을까 생각하다가 기이한 일이 떠올랐습니다.

입학식 날…… 다시 말해 4월에 히라이네 할머니를 봤거든요.

옅은 색 기모노를 입고 백발을 틀어 올린 우아한 분이었어요. 생김새가 많이 닮아서 히라이네 할머니라는 걸 금방 알아차렸습니다.

꾸벅 인사했더니 상대방도 고개를 숙여 답해 주었습니다. 마침 옆에 있던 히라이에게 "멋진 할머님이네"라고 했더니 기묘한 표정을 짓더라고요.

'어쩐지.'

히라이네 할머니는 몇 달 전에 돌아가셨으니 제가 굉장히 이상한 소리를 한 셈이 됩니다. "유령을 본다"는 제 말을 히라이만 믿어 준 것도 그런 이유 때문이었을까요.

"구스모토, 우리를 박정한 가족이라고 생각하지?"

"그렇지는……."

않지도 않지만.

"하지만 할머니도 고약한 유언을 남겼어. 살던 집도 할아버지가 남긴 재산도 전부 누군지도 모를 남에게 물려줬으니까. 돌아가셨을 때 우리에게는 유품 하나 안 남겼어."

"그건 분명 가족들이 다정하게 대해 주지 않으니까……."

조심스레 할머님의 심경을 대변하자 히라이가 뺨을 씰룩거리며 무서운 표정을 지었습니다. 하지만 바로 "그러네"라고 중얼거렸습니다.

"할머니 댁 말인데, 지금 난리야."

히라이는 알루미늄 재떨이를 톡톡 치면서 말했습니다.

무심코 벽시계를 본 저는 히라이의 손놀림이 초침 박자와 일치한다는 것을 깨달았습니다.

"난리라니?"

돌아가시고 나서야 알았다는데, 히라이 후에코 씨의 집

은 정말 난리였습니다.

천장에 마치 문어 빨판처럼 화재경보기가 잔뜩 달려 있었다고 합니다. 그것도 모자라 벽에는 전선도 연결되지 않은 환풍기와 수상한 절전 기구가 달려 있고, 그 밖에도 건강식품, 행운 아이템, 오리털 이불 같은 것들이 글자 그대로 산더미처럼 쌓여 있었습니다. 즉 후에코 씨는 수많은 사기꾼에게 속고 있었던 것입니다.

"가사도우미가 정기적으로 갔지만 못 본 척했대. 우리 부모님도, 큰아버지네도, 나도 할머니를 방치했던 거니 아무 말 할 자격은 없지만. 이제 내가 뭘 의논하고 싶은지 알겠지?"

"응?"

히라이가 재떨이를 계속 두드립니다.

초침과 같은 박자로, 시한폭탄처럼, 톡. 톡. 톡. 톡…….

"너도 할머니를 봤잖아. 돌아가시고 몇 달이나 지났을 때!"

히라이가 소리를 질러서 사무실에 있던 지배인과 마리코 씨가 저희를 쳐다보았습니다.

"할머니는 박정한 우리를 원망하는 거야. 우리를 그쪽으로 끌고 가려는 거야."

"그쪽?"

"저세상 말이야, 저세상. 사후 세계, 황천, 지옥, 삼도천 건너편!"

그런 끔찍한 상상을…….

하지만 히라이가 그런 끔찍한 상상을 하는 데에는 이유가 있었습니다.

후에코 씨가 돌아가시고 히라이의 주변에서 기묘한 일이 벌어지기 시작했다는 거예요.

질병과 사고가 연달아 일어났습니다.

아버지가 경영하는 마트에 음주운전 차량이 돌진하질 않나, 집 바닥에서 물이 솟구치질 않나. 그 물속에 빨갛고 작은 벌레가 잔뜩 떠다니고 있질 않나, 문과 창문이 모조리 열리지 않은 적도 있다고 합니다.

"그건 많이……."

"많이?"

"힘들었겠다."

큰아버지 댁에서는 후에코 씨 영정 사진이 갑자기 튀어 올라 유리가 깨졌다고 합니다. 어머니는 욕실에서 할머니의 목소리를 들었고, 그 직후 욕조 바닥에서 뭔가가 다리를 잡아당겨서 물에 빠질 뻔했다고…….

히라이는 역시나 재떨이를 두드리는 박자에 맞춰 하나씩 털어놓았습니다.

"난 할머니 댁에 차를 마시러 갔다가 돌아오지 못하는 꿈을 몇 번이나 꿨어."

거듭되는 괴현상에 지쳐서 히라이 가족은 모두 참신하면서도 타당한 해결법을 시도해 보았습니다. 기도사(강령이나 제령을 하는 사람을 말합니다)를 부른 것입니다. 히라이 가족은 화가 난 후에코 씨의 유령까지 불러다 놓고 가족회의를 한 것입니다.

'초대해 줘서 고맙구나.'

후에코 씨는 기도사의 입을 빌려 사람들에게 말했습니다. 그 모습은 원망을 토로하기는커녕 굉장히 행복해 보였습니다.

'맛있는 시폰 케이크를 파는 가게를 발견했어. 레이나에게도 사다 줄 생각이었는데 이렇게 세상을 떠나서 미안하구나.'

히라이, 부모님, 친척 일동은 후에코 씨 유령과 한동안 환담을 즐겼습니다. 히라이가 어렸을 때 이야기나, 작은어머니 결혼식 이야기 등. 당사자들만 아는 이야기도 기도사에게 씐 후에코 씨는 즐거이 말했습니다.

“모두 할머니가 왔다고 믿었어. 하지만 하나도 무섭지 않았어.”

거듭되는 괴현상은 아무도 입에 담지 않았습니다. 후에코 씨도 혼자 남겨진 원망은 한마디도 하지 않았습니다. 이대로 가족회의가 끝나면 모든 문제가 원만히 해결됩니다. 산 사람도 죽은 사람도, 대화로 서로를 이해할 수 있습니다.

하지만.

죽은 후에코 씨와 함께한 가족회의에서 엉뚱한 사고가 터졌습니다.

강령 도중에 기도사가 갑자기 죽어 버린 것입니다.

“그렇게 놀라긴 처음이야. 눈앞에서 풀썩 쓰러지더니, 정말로 죽었다고.”

무척 행복해 보이던 후에코 씨의 영혼이 갑자기 입을 다물더니, 기도사가 앞으로 쓰러지며 테이블에 이마를 박았습니다.

꽈당!

기도사는 그길로 두 번 다시 눈을 뜨지 않았습니다. 돌아가신 후에코 씨의 목소리로 할머니의 말을 전해 주던 기도사는 병원에 도착하기 전에 본인도 숨을 거두고 말았습니다.

“그건 어쩌면 할머니가……:”

기도사를 살해한 걸지도 모른다는 뒷말을 히라이는 차마 입에 담지 못했지만, 그 뜻은 제 가슴에 콱 박혔습니다.

“그런 말은 하면 안 돼!”

저도 모르게 버럭 외치고 말았습니다.

히라이는 깜짝 놀라 고개를 들고 재떨이를 두드리던 손을 멈췄습니다.

톡톡 소리가 그치자 히라이도 조금 진정한 것처럼 보였습니다.

“그렇……겠지?”

히라이는 “그래, 그럴 거야”라고 계속 중얼거렸지만, 자기가 하는 말을 조금도 믿지 않는 게 분명했습니다.

“돌아가신 기도사는 어떤 사람이었어?”

“사기꾼처럼 생긴 아저씨였어. 빨간 연미복을 입었는데.”

확실히 독특한 의상이네요.

“기도사 일 외에도 마술도 부리고, 엔카도 불렀대. 실속 없는 팔방미인이었다나.”

실속 없는 팔방미인. 어디서 들어 본 단어인데요.

“맞아, 지금 생각났는데.”

히라이의 안색이 갑자기 환해졌습니다.

"그 사람, 재주가 많아서 할머니 영혼을 불렀을 때도 목소리를 흉내 내서 연기했던 걸지도 몰라. 사례금을 노린 사기꾼인 거야."

"하지만."

기도사가 그런 번거로운 짓을 할 리 없습니다. 돌아가신 후에코 씨를 조사해서, 친척들에게 들키지 않을 만큼 고인의 흉내를 내기 위해 연습하고……. 그래서야 아무리 사기꾼이라도 적자입니다.

"그 기도사 말인데, 야마다 가세이라고 했어. 너도 영능력자잖아, 혹시 몰라?"

"으응……."

저는 영능력자가 아니지만, 우연히도 아는 이름이었습니다.

야마다 가세이, 〈역 뒤편 상점가 타령〉을 부른 가수잖아요?

"아아……."

히라이는 머리를 감싸고 다시 침울한 목소리로 말했습니다.

"아무리 낙관적으로 예측해 봤자 의미가 없어."

야마다 가세이 씨를 사기꾼 취급해도 문제는 해결되지

않는다는 것을 깨달은 모양입니다.

"할머니는 지금도 우리 옆에 있단 말이야. 내 고민은 바로 그거야!"

히라이의 이야기는 여기서 다시 처음으로 돌아갔습니다. 출구가 보이지 않는 고민은 혼자 하는 끝말잇기처럼 영원히 반복될 뿐입니다.

"너도 입학식 때 분명히 봤지? 내 이야기 믿지?"

히라이는 두 손을 갈고리처럼 펼쳐서 제 팔을 붙잡았습니다.

"어제 학교에서 돌아와 보니 책상 위에 시폰 케이크가 있었어. 할머니 영혼이 말했던 케이크 말이야. 그 옆에는 얼음물에 담긴 크로커스 꽃이……."

'당신을 기다리고 있어요. 저를 배신하지 말아요.'

크로커스의 꽃말입니다.

히라이는 다른 무서운 현상이나 야마다 가세이 씨의 돌연사보다 그 케이크와 꽃이 가장 무서웠다고 합니다.

할머니 유령은 존재한다. 나를 데려가려고 한다.

히라이는 그때 확신했습니다.

"학교에서 널 계속 기다렸어. 부탁이니까 날 배신하지 마."

"무슨."

거듭 말하지만 저는 그냥 보는 재주밖에 없습니다. 히라이는 정작 핵심을 이해할 마음이 없는 겁니다.

난처해하고 있는데 마리코 씨가 걱정스러운 얼굴로 다가왔습니다. 히라이의 얼굴 앞에서 손바닥을 휘휘 젓더니 저를 보고 "우훗" 웃었습니다.

"부탁이야, 구스모토. 나 좀 도와줘. 지금 당장 우리 집에 같이 가 줘."

히라이는 마리코 씨의 존재를 알아차리지 못하고 제 팔을 더욱 세게 붙잡았습니다.

"여기……."

마리코 씨가 평소처럼 설탕과 우유를 가득 넣은 인스턴트커피를 저희 앞에 내려놓았습니다.

"끄악!"

히라이가 가련한 외모에서는 상상할 수도 없는 괴상한 소리를 질렀습니다.

그때까지 저를 바라보던 표정 그대로 눈앞에 놓인 커피를 응시하고 있습니다. 그렇게나 세게 붙들고 있던 제 팔에서 손을 떼고 발작하듯 부들부들 떨면서 커피잔을 가리켰습니다.

"이렇게…… 이렇게, 시폰 케이크가!"

유령을 보지 못하는 히라이에게는 마리코 씨의 서비스나 시폰 케이크나 괴기 현상처럼 갑자기 튀어나오긴 마찬가지입니다.

마리코 씨는 혀를 날름 내밀고는 키득키득 웃으며 사무실로 돌아갔습니다. 부채를 꺼내 들고 춤추는 뒷모습이 활기차고 즐거워 보였습니다.

"지금 온 여자 한 명, 못 봤지?"

조심스레 물어보자 히라이는 "꺄악!" 하고 날카로운 비명을 지르며 쏜살같이 돌아가 버렸습니다.

오후가 되자 아버지의 불륜 상대가 어제처럼 어린 딸을 데리고 찾아왔습니다.

아이에게 팝콘과 영화표를 사 주고는 역시나 아무렇지도 않은 듯 나가 버렸습니다.

두 사람에 대해서는 지배인이 이것저것 말해 주었지만 그래도 역시 이해할 수 없습니다. 어쨌거나 상대는 아버지의 불륜 상대니까요. 하지만 소녀를 저와 처지가 같은 친구라고 생각하는 마음에는 한 점 거짓도 없습니다.

"이름이 뭐니?"

한껏 미소를 머금고 물어보았습니다.

"가논!"

"가논, 귀여운 이름이네."

"언니는?"

어리지만 제법 예의 바른 아이입니다. 제가 '스미레'라고 이름을 밝히자 "귀여운 이름이네"라고 칭찬해 주었습니다.

"엄마 이름은? 무슨 일을 하셔?"

무의식적으로 캐묻는 제게 가논은 천진하게 대답해 주었습니다.

"엄마는 가자마 미사키. 엄마가 하는 일은, 계산대 아줌마하고, 카바레 아가씨!"

뭐?

남편이 빚을 남기고 증발한 탓에 '아버지의 불륜 상대'라는 미사키 씨는 낮에는 마트에서, 밤에는 술집에서 일하는 것 같았습니다.

'망할……'

구스모토 요시오, 이 순박한 모녀의 약점을 잘도 잡았구나!

저는 마음속 다트판에 아버지의 얼굴 사진을 붙여 놓고

다트를 마구 날렸습니다.

"카바레는 성 같은 곳이야. 봐, 우리 엄마, 신데렐라 같지!"

가논은 비닐 지갑에서 사진을 꺼내 제게 보여 주었습니다. 어린아이의 손보다 큰 폴라로이드 사진이었습니다.

파스텔컬러로 인테리어를 장식한 내부, 'club alibi'라는 가게 이름을 디자인해서 만든 오브제 앞에서 뺨을 맞대고 있는 사람은 다름 아닌 가논의 어머니 미사키 씨와 제 아버지였습니다.

아래쪽 여백에는 의심할 여지 없는 아버지의 필적으로 이렇게 적혀 있었습니다.

꼭대기가 하트로 된 우산 그림 밑에 '요시오'와 '미사키'라는 이름.

그걸로 모자랐는지 '운명적 만남'이라는 말까지!

마음속으로 다트를, 휙, 휙, 휙.

가논이 지갑에서 껌을 꺼내서 잘강잘강 씹기 시작했습니다.

"왕자님은 좀 별로지만!"

그러게. 왕자님은, 좀 별로네. 설마 그럴 리 없다고 생각하면서도 저는 껌을 씹는 작은 옆얼굴을 향해 물어보지 않을 수 없었습니다.

"이 아저씨가 네 아버지니?"

"설마!"

가논은 아하하 웃음을 터뜨렸습니다. 그나마, 지금으로서는, 일단은 마음이 놓입니다.

기척 없이 다가온 마리코 씨가 사진을 들여다보며 놀란 듯 웃었습니다.

"어머나, 이런 우연이. 이 카바레, 나도 전에 일한 적 있어……."

에스코트 할당을 채우기가 힘들었어. 마리코 씨는 그렇게 뜻 모를 소리를 하면서 떠났습니다.

마리코 씨 뒷모습을 향해 손을 흔드는 가논에게 저는 문제의 사진을 가리키며 부탁했습니다.

"가논. 이 사진, 나한테 팔래?"

저도 참, 이걸 사서 어쩌려는 걸까요?

어머니에게 보고할까요? 아버지를 협박할까요?

거기까지는 생각하지도 않고 주머니에서 지갑을 꺼냈습니다. 어린아이를 상대로 지폐를 당근으로 쓰는 건 나쁜 짓인 줄 알면서도 몸을 웅크리고 1천 엔짜리 지폐를 셌습니다.

"돈은 필요 없어. 가논, 돈 싫어. 사실은 이 사진도 싫어!"

가논은 내던지듯 사진을 제게 주었습니다.

저는 먹먹한 마음으로 사진을 백팩에 넣었습니다.

마지막 상영이 끝날 즈음이면 5월의 늦은 석양도 서쪽으로 기울어 갑니다.

게르마 전기관이 있는 역 뒤편 상점가에서는 화제의 고(故) 야마다 가세이 씨가 부른 〈역 뒤편 상점가 타령〉이 아니라 드보르작의 〈꿈속의 고향〉이 흐르고, 가게들의 불빛이 아련히 퍼져 나갑니다.

우도 씨는 근처에 사는 아주머니들을 상점가로 불러내는 이 선율에 맞춰서 어김없이 퇴근합니다. 일도 열심히 하지만 귀가도 빠릅니다.

"너도 빨리 돌아가. 오늘 밤은 심야 상영이니까."

"심야 상영인데 빨리 돌아가도 되는 거예요? 밤에 다시 돌아오시나요?"

"아니. 심야 상영은 디지털 시네마라 영사 기사는 필요 없어."

그러더니 우도 씨는 디지털 시네마가 무엇인지 가르쳐 주었습니다.

“디지털 비디오 카메라로 영화를 찍어서, 통신 위성이 보낸 데이터를 직접 스크린에 상영하는 최신 시스템이야. 필름은 필요 없어.”

우도 씨는 허공을 올려다보는 자세로 게르마 전기관의 고풍스러운 건물을 가리키더니 의미심장하게 눈동자를 굴렸습니다.

“이상하지? 통신 위성에서 디지털 데이터를 직접 수신해서 상영하다니, 고전 영화밖에 안 틀어서 적자만 쌓여 가는 이 낡아 빠진 극장에서 어떻게 그런 설비를 갖출 수 있을까? 이곳 1관에서 사용하는 영사기만 해도 골동품이나 다름없는데.”

냉소적인 우도 씨는 말은 그렇게 하면서도 그 낡아 빠진 극장을 직장으로 선택하고, 골동품 같은 영사기를 정말 소중하게 다룹니다.

그렇지만 우도 씨의 지적 역시 맞는 말입니다.

게다가 바퀴벌레 무덤에 살짝 놓여 있던 전단지에 심야 상영은 2관에서 한다고 했어요. 휴관하고 창고로 쓰는 2관이 영화 상영은커녕 발도 디딜 틈이 없는 상태라는 건 실수로 한번 들어가 본 저도 잘 아는 사실입니다.

“2관 심야 상영은 초승달이 뜨는 밤마다 특정 손님들만

받는 비밀 상영회야.”

“비밀 상영회…….”

우도 씨가 하는 유난스러운 말이 농담인지 진담인지 잘 모르겠습니다.

“어쨌거나 나하고는 상관없지만. 너도 관여하지 마. 무서우니까.”

“심야 상영이라는 게 호러 영화예요?”

제가 뭔가 엉뚱한 소리를 했는지 우도 씨가 코웃음을 쳤습니다.

“애초에 이 게르마 전기관 자체가 이상하잖아.”

“네?”

“내가 일했던 영화관 중에서 여기가 제일 장사가 안 돼. 그런데도 망하질 않아.”

오래된 영화와 영화관을 사랑하는 우도 씨는 작은 재개봉관을 전전했다고 합니다. 어째서 한곳에 머무르지 못했는가 하면, 우도 씨 잘못은 아니고 영화관이 경영 부진으로 차례로 문을 닫았기 때문입니다.

“게르마 전기관이 망하지 않는 건 내게도 좋은 일이지만”

우도 씨는 사무실을 힐끔 쳐다보았습니다.

“저기. 이 영화관, 뭔가 있지 않아? 넌 그런 거 못 느끼냐?”

우도 씨가 두 손을 가슴 앞에서 축 늘어뜨리고 유령 흉내를 냈습니다. 우도 씨 눈에는 마리코 씨가 보이지 않을 텐데 그래도 뭔가 느껴지나 봐요.

"게다가 비밀 심야 상영까지. 그럴 때면 지배인이 나를 어떻게든 쫓아내거든. 너무 수상해. 무섭지만 궁금하단 말이야. 심야 상영의 비밀을 알려 준다면 데릴사위로 들어오라고 해도 기꺼이 감수하겠어."

사위라고요!

물론 우도 씨도 절대 있을 수 없는 일이니까 그렇게 말한 거겠지만. 제 안에서 착각 스위치가 찰칵 눌리는 소리가 들렸습니다. 실제로는 어깨를 떠느라 관절이 삐걱거리는 소리였지만.

"심야 상영에서는《주마등》이라는 단편 영화를 상영하죠? 우도 씨는《주마등》을 본 적 있어요?"

그렇게 물어보자 우도 씨는 한참 침묵하다가 "아니"라고 대답했습니다.

그런 이유로 밤 11시를 앞둔 시각. 저는 게르마 전기관

2관에 왔습니다.

특정 손님만 초대하는 비밀 상영회답게 수상한 분위기가 감돌고 있어요.

낮 시간대보다 훨씬 많은 손님이 저마다 정장을 차려입고 있었습니다. 가문의 문양이 들어 있는 하카마(*남성이 입는 통 넓은 기모노 하의), 모닝코트, 후리소데(*미혼 여성이 입는 소맷자락이 긴 기모노), 도메소데(*기혼 여성이 입는 소맷자락이 짧은 기모노), 드레스…… 각양각색입니다.

대부분 연배가 높았는데 이상하게도 모두 혼자였습니다. 부부나 커플, 친구끼리 온 사람은 없었습니다.

지배인이 직접 표를 팔고 입장 확인도 했습니다.

지배인도 멋진 연미복을 입고 있었는데 개성적인 수염이 이상할 정도로 잘 어울렸습니다.

종업원은 들어가지 못하는 심야 상영이니 "멋지네요"라고 찬사를 보낼 수도 없습니다. 저는 몰래 극장 안으로 숨어들었으니까요.

그 후에 벌어진 일은 너무 기상천외한 일들뿐이라 무슨 이야기부터 해야 할지 혼란스럽네요.

저는 바로 그저께 아침에 실수로 이곳 2관에 들어왔었습니다.

2관은 평소 영업하는 1관과 구조는 똑같지만 내부는 발 디딜 틈도 없는 창고 상태였습니다.

그런데 지금 잠입한 심야 상영관은 그 수많은 짐들이 온데간데없이 깔끔했습니다. 게다가 2관 극장은 낡고 좁은 1관과는 전혀 다른 공간이었습니다. 아니, 현실에 존재할 수 없는 공간이었습니다.

넓은 무대를 향해 완만한 곡선을 그리듯 펼쳐진 객석의 수많은 의자, 세어 보려 했지만 너무 많아서 중간에 포기했습니다.

끝없이 펼쳐진 호사스러운 짙은 심홍색 벨벳 의자는 앉아 있으면 엉덩이가 쑤신 1관 의자와 비교하는 것보다 '유럽 오페라 극장 의자 같다'는 표현이 더 이해하기 쉬울 것 같습니다.

바닥 카펫은 차분한 베이지색.

균등한 간격으로 있는 대리석 기둥이 금색 벽과 멋진 조화를 이루고 있었습니다.

높은 천장 중앙에는 천국의 풍경을 그린 거대한 타원형 그림이 있었고, 진짜 촛불을 켠 샹들리에가 잔뜩 매달려 있었습니다.

2층에서 4층까지는 벤치석이었고 좌석은 6층까지 있었

습니다. 무서운 얼굴, 상냥한 얼굴의 반인반수 신상 조각들이 거대한 극장을 에워싸고 있습니다.

여긴 대체 뭐야?

저는 아무도 없는 벤치석에 숨어서 몸을 웅크렸습니다.

'어라, 이쪽 벤치석은 비었네?'

'수술 후에 기적적으로 이겨 냈다나 봐.'

어디선가 그런 목소리가 다가오다가 멀어지고, 관내 BGM이 흘러나왔습니다.

오페라 극장이 무색할 장소라 그런지 음악 역시 캐주얼한 〈역 뒤편 상점가 타령〉이 아니라 중후한 교향곡이었습니다. 어디서 들어 본 것 같은데, 불가능한 현실이 눈앞에 펼쳐지니 곡명을 떠올릴 여유가 없었습니다.

이렇게 모든 것에 압도당하는 사이에도 '심야 상영의 비밀을 알려 준다면 데릴사위로 들어오라고 해도 기꺼이 감수하겠어'라는 우도 씨의 말이 귓속을 맴돌며 감미로운 공상이 머릿속을 스쳤습니다.

아예 이곳 2관을 빌려서 결혼 피로연을 여는 거예요, 저는 작은 장미꽃을 아낌없이 장식한 드레스를 입고⋯⋯. 버진 로드를 걸어가는 제 옆에 서는 사람은 하필 바람둥이 아버지일 것이고⋯⋯. 신부를 기다리는 우도 씨는 역시 헐렁한 셔츠에 평소처럼 청바지를 입고 있을 것 같습니다.

'안 돼, 안 돼.'

태평한 망상에 빠져서 정작 중요한 임무를 잊을 뻔했습니다.

극장으로 시선을 돌렸습니다.

화려한 오케스트라 곡이 그치자 귀에 익은 상영 신호음이 울렸습니다.

어떤 장치가 있는지, 촛불이 일제히 꺼지면서 극장이 어두워졌습니다. 수많은 별을 수놓은 장막이 서서히 걷히더니 스크린이 빛났습니다. 마치 신화처럼 장엄한 광경입니다.

그렇지만…….

스크린에 비친 것은 몹시 따분한 영화였습니다. 사실은 너무 따분해서 내용을 전부 까먹었을 정도입니다.

결국 5분도 못 버티고 졸기 시작했는데 왠지 불쾌한 꿈을 꿨습니다.

영화는 하나도 기억 못 하는데 졸다가 꾼 꿈이 뇌리에 또렷하게 각인된 것도 참 기묘한 일입니다.

논 사이로 볼록 솟아오른 산.

그 산꼭대기에 작은 우체국이 있습니다.

편지를 보낼 것도, 저금을 할 것도 아닌데 멀뚱하니 우체국을 찾은 저는 그 끝에 펼쳐진 경치에 시선을 빼앗겼습니다.

작은 산 정상이었을 그곳이 어째선지 광활한 꽃밭으로 바뀌어 있었습니다.

멋들어지게 차려입은 사람들이 줄지어서 꽃으로 장식된 문을 지나는 모습이 이루 말할 수 없을 정도로 즐거워 보였습니다.

실례할게요.

저도 정원을 구경하려고 발을 들여놓으려는데 한 아저씨가 달려와서 화를 냈습니다. 펀치 파마인지 곱슬머리인지 뽀글뽀글한 머리가 라면을 좋아하는 고이케 씨라는 만화 캐릭터를 쏙 닮았습니다.

"돌아가! 넌 이 정원을 볼 자격이 없어!"

펀치 파마 아저씨가 창백한 얼굴을 실룩거리며 화를 내더니 심술궂게 웃었습니다.

"넌 죽으면 지옥에 갈 상이네."

상황은 파악할 수 없었지만 본인 노력으로는 극복할 수 없는 생김새로 악담을 하다니, 아무리 소심한 저로서도 화가 납니다. 어떻게든 반박하고 싶습니다.

그나저나 어디서 들어 본 험담 같은데?

그때 잠에서 깨서 무거운 눈으로 주위를 둘러보았습니다.

꿈에서 깨고 보니 그곳에는 펀치 파마 아저씨도, 무한한 꽃밭도 없었습니다.

아니, 호사스럽기 짝이 없던 극장마저 없었습니다.

저는 게르마 전기관 1관과 똑같지만 더 낡고 비좁은 극장에서, 스프링이 망가진 의자에 앉아 있었습니다.

장막은 열려 있었지만 스크린에 나오는 영상은 없었습니다. 관객은 저 말고 아무도 보이지 않았습니다. 저는 돈을 내고 입장한 게 아니라 몰래 잠입한 거니 손님이라 부를 수는 없지만요.

누군가의 시선이 느껴져서 주위를 둘러보았지만 아무도 없었습니다.

갑자기 무서워져서 헐레벌떡 2관을 빠져나와 집으로 돌아왔습니다.

그날 밤 '미카' 인형 옷을 입고 히라이네 할머니가 초대해 준 다과회에 가는 꿈을 꾸었습니다. 돌아가신 후에코 씨 말이에요.

꿈속의 후에코 씨는 입학식 때 봤던 모습 그대로 다정한 분이었습니다.

눈을 떠보니 11시.

이상해요. 2관 심야 상영에 갔던 시간인데.

그런 생각을 했지만 졸음이 쏟아져 이러든 저러든 무슨 상관인가 싶었습니다.

심야 상영 때 흘러나온 관내 BGM이 문득 떠올랐습니다.

나나에 이모가 돌아가셨을 때 장례식장에서 들은 곡이었습니다.

'베토벤 교향곡 제3번 <영웅> 제2악장.'

장송 행진곡.

한 가지 더, 2관에서 졸았을 때 꾼 꿈이 떠올랐습니다. 똑같은 이야기를 전에 전철 안에서 들었습니다. 대학생 커플이 나누는 대화에 나온, 따분한 영화에 대한 도시 전설이었습니다.

'이건 중요한 정보일지도 몰라.'

학교 선생님이 칠판을 두드리며 '여기, 시험에 낼 거예요'라고 말하는 순간의 긴장감이 저를 사로잡았습니다. 그래봤자 결국 잠결에 벌어진 일. 저는 금세 꿈조차 꾸지 않는 깊은 잠 속으로 빠져들었습니다.

5
스크린 저편에서

늦잠을 잤지만 전철역 플랫폼을 달리고, 계단에서 뛰고, 제지하는 역무원에게 꾸벅꾸벅 고개 숙여 사과하고, 역 뒤편 상점가를 빠져나와 출근했더니 게르마 전기관은 난리법석이었습니다. 지배인이 붉으락푸르락한 얼굴로 돌아다니며 고함을 질러 대는 것이었습니다.

"괘씸한 녀석! 용서 못 해! 절대로 이대로는 못 넘어가!"

오오…….

멀리서도 지배인의 관자놀이에 선 핏대가 보입니다. 노동자에게 지각이란 이토록 무겁게 지탄받을 일이군요. 저

화를 가라앉히려면 또 외고모할머니의 재력을 빌리는 수밖에 없을까요?

그렇게 약은 꾀를 부리고 있는데, 우도 씨가 제 팔꿈치를 붙잡고 매점 구석으로 끌고 가서 또 다른 리듬으로 가슴이 펄떡이기 시작했습니다.

"2관에 도둑이 들었대."

우도 씨는 고함을 질러 대는 지배인을 가리키며 말했습니다.

제가 지각해서 화를 내는 게 아니라는 건 알았지만 그래도 불안감은 사라지지 않았습니다. 어젯밤 제가 침입한 걸 알아차린 걸까요? 아니, 그건 전부 꿈이었을 텐데.

"뭘 훔쳐갔대요?"

"스크린을 찢었다는데, 경찰은 절대 안 부르겠다는군."

우도 씨는 지배인을 쳐다보았습니다.

지배인이 "우도 군, 오늘은 휴관이야. 그만 퇴근해!", "마리코, 부디 날 도와줘!"라며 큰소리로 같은 말을 되풀이하고 있습니다.

"마리코가 누구지?"

우도 씨가 한껏 얼굴을 찌푸리며 말했습니다. 제가 억지로 웃으며 고개를 갸웃거리자 우도 씨가 막막한 표정을 지었습니다.

"지배인이 미쳐 버린 걸까? 엉뚱한 쪽을 보며 '마리코, 마리코'라고 불러 대다니. 전부터 이상한 사람이었지만 정말 소름 끼쳐서 못 견디겠어."

미친 건 아니지만 소름 끼친다는 건 맞는 말입니다.

"당분간 휴관한대. 이대로 망하면 또 일자리를 찾아야 하는데."

그럴 수가……. 우도 씨 곁에 있고 싶어서 등교 거부를 핑계로 게르마 전기관에서 아르바이트하고 있는데…….

충격을 받고 휘청거리는 저를 발견한 지배인이 두 손을 들어 손짓했습니다.

"그럼. 난 그만 돌아간다."

우도 씨가 제 어깨를 가볍게 치고 돌아갔습니다.

'꺄악!'

우도 씨가 건드린 어깨에서 행복이 온몸으로 퍼져 나가니, 이대로 죽어 버릴지도 몰라요. 하지만 금세 우도 씨가 이대로 고용 센터로 갈까 봐 불안해서 죽을 것도 같았습니다.

그런 생각을 하는 사이에도 지배인이 제 이름을 계속 불러 댔습니다.

스미레 양, 스미레 양, 스미레 양…….

저는 어떻게 하면 좋을까요?

"스미레 양, 부르면 재깍 달려와."

너무 혼란스러워 우물쭈물하고 있자 참다못한 지배인이 직접 제 쪽으로 왔습니다. 옆에서 마리코 씨가 같은 속도로 따라왔습니다.

"영능력자인 자네에게 부탁 좀 해야겠네."

"아니, 영능력자는……."

"겸손을 떨고 있을 때가 아니야, 스미레 양."

지배인이 떨리는 목청으로 심호흡하더니 제 어깨에 손을 얹었습니다.

미안하긴 했지만 우도 씨 손길이 닿았던 어깨를 만지는 게 싫어서 지배인의 손을 쳐냈습니다. 지배인은 조금 상처받은 표정을 지었습니다.

"스미레 양은 마리코 옆에서 도와줘. 마리코는 외로움을 잘 타니까."

"기뻐……."

마리코 씨까지 제 어깨에 손을 얹습니다.

"그럼."

지배인이 잘 들으라는 듯 저희 얼굴을 뚫어지게 쳐다보더니 "나는 범인을 찾아내겠다"라고 말하고는 밖으로 뛰쳐

나갔습니다.

저는 황급히 마리코 씨의 손도 어깨에서 쳐냈지만 마리코 씨는 진지한 얼굴로 다시 제 어깨를 와락 붙잡았습니다.

"좀 들어 봐. 게르마 전기관이 큰일 났어……."

"우도 씨한테 들었어요. 2관에 도둑이 들었다면서요?"

"도둑이 아니야. 오히려, 반대……."

"반대?"

어리둥절해하는 저를 마리코 씨가 진지하게 쳐다보았습니다.

"걸어가면서 얘기하자……."

마리코 씨가 제 어깨를 감싸고 밖으로 나갔습니다. 지배인도 그렇고 마리코 씨도 그렇고, 우도 씨가 터치한 제 소중한 어깨를 왜 이렇게 만지려 드는 걸까요?

스트레칭을 하는 척하면서 마리코 씨의 팔을 떼어 내는데 갑자기 채소 가게 사장님이 저를 불러 세웠습니다.

"팔꿈치를 더 올려. 자세를 바르게 하고. 그래, 숨을 들이쉬고, 내쉬고."

사장님은 유령이 보이지 않으니 제가 진짜로 스트레칭을 하는 줄 알았나 봐요. 쩌렁쩌렁한 목소리로 가르쳐 주시네요.

"팔을 뻗을 때는 힘을 주고, 하나, 둘, 팍, 팍."

거부하지 못하고 팔을 팍팍 구부리고 있으려니 사장님이 옆에서 저를 유심히 쳐다보았습니다.

"게르마 전기관 말인데 오늘은 아직 문 안 열었지? 지배인이 창백하게 질려서 나가던데. 무슨 일이라도 있었어?"

"어, 그게 말이죠."

제가 난처해하자 마리코 씨가 눈에 보이지 않는다는 사실을 이용해 사장님 목덜미에 차가운 입김을 쏘았습니다. 사장님이 "힉!" 하고 목을 감쌌습니다.

"어, 어어, 창고 정리. 맞아요, 창고 정리 때문에요."

옆 마트에 붙어 있는 '금일 창고 정리로 오후 휴업'이라는 전단지를 보고 재빨리 말했습니다. 그대로 전래 동화 속 설녀처럼 구는 마리코 씨의 손을 붙잡고 황급히 그 자리를 떠났습니다.

유령의 입김을 목덜미에 맞아 "히익, 히익" 하고 발을 동동 구르는 사장님을 행인들이 이상하다는 듯 쳐다보았습니다.

"영화관은 창고 정리 같은 거 안 해……."

의외로 장난을 좋아하는 마리코 씨는 새침한 얼굴로 그렇게 말하더니 제 목덜미에 또 차가운 입김을 쏘았습니다.

"히익!"

"처음부터 설명해 줄게. 너라면 분명 괜찮을 거야……."

그렇게 말하니 굉장히 불안합니다.

"게르마 전기관 1관은 어디에나 있는 흔한 영화관이지만……. 2관에는 특별한 역할이 있어……."

1관도 유령 마리코 씨가 살고 있으니 상당히 별난 영화관이라고 생각했는데요. 그런 마리코 씨가 굳이 언급한 2관의 특별한 역할이란 뭘까요?

"게르마 전기관 2관은 이 세상하고 저세상 사이에 있거든……."

"네?"

마리코 씨가 황당무계한 소리를 했습니다.

"사람은 죽기 직전에 인생에서 겪었던 일이 주마등처럼 지나간다고 하지, 2관은 그 '주마등'을 보여 주는 장소야……. 매달 달빛이 사라지는 초승달 밤에 죽은 사람들이 심야 상영을 보러 2관에 모여들어……. 그리고 다들 자기 인생의 '주마등'을 보면서 천국으로 떠나는 거야……. 개중에는 천국 말고 다른 곳으로 가는 사람도 있지만……."

"아."

어쩐지 알 것 같습니다.

어젯밤 꿈이, 절반은 꿈이 아니었던 거예요.

저는 이 세상이 아닌 곳에 몰래 들어가 망자가 보는 영화 《주마등》을 보고 말았던 겁니다. 2관의 화려한 인테리어는 어떤 의미로 진짜였어요.

그렇지만 아직 수명이 다하지 않은 제 인생의 주마등은 따분하기 짝이 없죠.

그래서 졸았는지도 모릅니다.

그때 꾼 꿈, 우체국의 화려한 뒤뜰과 펀치 파마 아저씨에게 괴롭힘을 당한 악몽은 전에 전철 안에서 들은 도시 전설과 일치합니다.

산 사람이 《주마등》을 보고 똑같은 악몽에 시달리다니 제법 괴이한 현상이에요. 귀가 후에 시간이 되돌아가 있었던 것 역시 괴이하다는 말밖에 나오지 않습니다.

"으음."

"스미레, 괜찮아……?"

너무 비현실적인 이야기에 넋이 빠진 것 같았는지, 마리코 씨가 걱정스러운 눈빛으로 제 얼굴을 들여다보았습니다.

하지만 걱정할 필요 없어요. 지금도 유령 마리코 씨가 이렇게 설명해 주고 있으니까요. 제가 이해하지 못할 상황은 없습니다, 아마도.

"망자가 2관에서 《주마등》을 본다. 그건 다시 말해 망자가 성불한다는 뜻이죠?”

“그렇긴 한데……. 스미레, 날 이상한 얘기나 하는 여자라고 생각하지……?”

“아뇨. 그렇지 않아요.”

당당하게 대답하자 마리코 씨가 “정말이야……?”라고 미심쩍은 눈초리로 보면서도 뒷말을 이어 나갔습니다.

“그런데 어젯밤 심야 상영이 끝나고 사건이 터졌어…….”

“사건?”

“저세상에서 돌아온 사람이 있어…….”

“저세상에서요?”

무심코 따라 말하고 말았습니다.

또 황당무계한 이야기가 나왔는데, 적어도 제가 사고를 친 건 아닌 모양입니다. 개인적으로는 가슴을 쓸어내리며 다시 마리코 씨의 이야기에 귀를 기울였습니다.

낡은 자전거가 마리코 씨를 피하듯 핸들을 꺾어 지나갑니다.

어느새 저희는 낯선 거리를 걷고 있었습니다.

“일단 성불해서 저세상으로 떠난 사람이 2관 스크린을 찢고 돌아와 버렸어……. 죽은 사람이 돌아온 셈이니 심각하지…….”

"그런 일이 있었어요?"

제가 중얼거리자 마리코 씨는 의아한 표정을 지었습니다. 비현실적인 이야기를 태연히 받아들이는 제가 무척 신기한 모양입니다.

"스미레는 참 이해가 빠르구나……."

이런 이야기를 순순히 받아들일 수 있는 건 2관 심야 상영에 몰래 숨어 들어갔다가 비현실적인 풍경을 두 눈으로 보았기 때문입니다. 사실대로 털어놓을 용기는 없어서 자연스럽게 화제를 돌렸습니다.

"저, 뭐 좀 물어봐도 될까요?"

"뭔데……?"

"마리코 씨도, 돌아가신 게 맞죠?"

"맞아……. 네가 태어나기 전부터 유령으로 살았어……."

목소리는 작았지만 마리코 씨는 당당하게 말했습니다.

"마리코 씨는 혹시 특별한 사정이 있어서 《주마등》 심야 상영을 보지 않는 건가요?"

"그건……."

제가 묻자 마리코 씨는 가느다란 집게손가락으로 턱을 짚고 하늘을 바라보았습니다. 조금 걱정스러울 정도로 긴 침묵 끝에 갑자기 쑥스럽다는 듯 몸을 뒤틀었습니다.

"사랑에 빠져 버렸으니까……."

"네?"

"실은 나도 작년 여름에 《주마등》을 보려고 게르마 전기관에 왔었어……. 그런데 지배인님을 보고 반해 버려서……. 저승으로 갈 수 있으면서 이승에서 꾸물거리는 건 안 되지만, 도저히 좋아하는 사람과 떨어져 살 수 없어서……."

"이해해요!"

저는 그 자리에 멈춰 서서 마리코 씨의 가녀리고 차가운 팔을 두 손으로 붙들고 고개를 끄덕였습니다.

이해하고말고요. 여자에게 사랑은 행동의 원천입니다.

그 대상이 지배인이라는 건 잘 이해할 수 없지만요.

"이해해 주는구나……."

마리코 씨가 갑자기 힘차게 말했습니다.

"하지만 저세상에서 '돌아온 사람'을 찾지 못하면 지배인님이 책임져야 해……. 그렇게 되면 내가 게르마 전기관에 눌러앉은 것도 들통날 테고, 큰일이야……."

"그래서 지배인님이 그렇게 당황했던 거군요? 그럼 저희도 '돌아온 사람'을 찾는 건가요? 완전 미인 유령과 소녀 탐정이네요."

무서우면서도 설레는 일입니다. 긴장과 흥분으로 가슴

이 뜨거워졌어요.

그런데 마리코 씨는 "아니야, 아니야……"라며 유령답게 손을 살래살래 저었습니다.

"지배인님이 우리에게 그런 위험한 일을 시킬 리 없지……. 우린 지금 2관 스크린을 주문하러 가는 거야……."

"뭐야. 심부름이에요?"

소녀 탐정이 될 기회를 놓쳐서 무심결에 투덜거렸습니다.

하지만 똑같은 심부름이라도 이건 특수 임무라나요?

어쨌거나 《주마등》은 관객마다 맞춤 영상을 보여 주는 영화입니다. 2관에서는 통신 위성에서 디지털 데이터를 수신해서 상영한다는데, 솔직히 어디에 있는 통신 위성이 어떤 데이터를 보내 준다는 건지. 정말 불가사의한 이야기예요.

불가사의한 디지털 영상을 비춰 주는 불가사의한 스크린은 주문도 특별히 불가사의한 장소에 가야만 하는 모양입니다.

"무슨 말인지 통 모르겠어요."

제가 곤혹스러운 표정을 짓자 마리코 씨는 "후후……" 하고 나직하게 웃었습니다.

"실은 벌써 그 불가사의한 장소에 도착했어……."

어디를 지나왔는지, 이야기에 정신이 팔려 있는 사이에

정말 눈앞의 풍경이 바뀌어 있었습니다.

역 뒤편 상점가도 어딘지 모르게 옛날 느낌이지만, 지금 이곳은 완전히 70년대 복고풍 박물관 같았습니다.

더군다나 박물관 전시물과는 달리 사람 사는 냄새가 났습니다. 배기가스와 배수로의 구정물, 현관 앞에 피어 있는 꽃과 부엌에서 풍겨 오는 조림 반찬 냄새. 살아 있는 마을의 냄새입니다.

그런데도 가게 앞에서 들려오는 유선 방송 음악은 최신 유행곡이었습니다.

"여기는?"

오래전에 이미 폐지된 노면 전철 정류장 옆을 지나가며 물어보았습니다.

통행량이 적은 도로 건너편에 외고모할머니의 옛날 앨범 사진에서 본 듯한 음악다방이 있었습니다.

그 옆은 포목점, 그 옆은 영화관, 그 옆도 또 영화관. 신발 가게, 유아차 전문점을 사이에 두고 성인 영화 간판이 보입니다.

여기는 어디냐고 다시 물어보려는데 마리코 씨가 대답해 주려는 듯 잔뜩 폼을 잡고 있었습니다.

"여기는 말이지, 역 뒤편 3번지야……."

“역 뒤편은 2번지가 끝인데요?”

“그렇지? 그러니까 이 동네는 ‘플러스 1번지’야…….”

또다시 기묘한 장소에 오고 말았습니다.

“창고 동네라고 부르기도 해, 이 동네에 있는 건 철거된 건물이나 사라진 풍경의 유령들이야…….”

“무기물도 유령이 되나요?”

“그런 쪽으로 유명한 건 유령선이라든가…….”

“으악, 으악!”

놀라는 제 모습을 보고 마리코 씨가 만족스러운 듯 설명을 이어 갔습니다.

‘플러스 1번지’는 누구나 올 수 있는 동네지만, 이곳에 있는 물건을 간절하게 필요로 하지 않으면 그냥 지나치게 된다고요.

“눈에 잘 안 띄는 장소야. 졸업할 때까지 거기 있는 줄도 모르는 아이처럼…….”

“제 얘기 같네요.”

“그런 것도 좋지 않니…….”

동네가 존재하니 여기서 평범하게 살아가는 사람도 있겠지요. 세상을 등진 사람, 도사, 은둔자, 갈 곳 없는 유령도 있다고 합니다.

"유령이라고요? 이 사람들 다 유령이에요?"

유령인 마리코 씨에게 묻는 것도 이상하지만, 저는 겁에 질려 행인들을 몰래 가리키며 물어보았습니다.

"아니야. 대부분은 살아 있는 사람들이야……."

"그럼 저희는 왜 이…… '플러스 1번지'라는 동네에 온 거예요?"

"봐, 오래된 영화관이 많지? 그래서 전문 수리점이 있거든……."

그 수리점에서 불가사의한 저세상 정부 기관에는 비밀로 하고 2관 스크린을 수리해 주는 모양입니다.

"불가사의한 정부 기관이라면 천국의 시청 같은 곳인가요?"

그렇게 물어보았지만 마리코 씨도 잘 모르는지 "아마도……"라고 말하며 고개를 갸웃거렸습니다.

"지배인님 말로는 어젯밤 사건을 사람들이 알게 되면 골치 아파진대. 그러니까 스크린도 몰래 수리해야 해……."

그렇게 말하며 마리코 씨가 들어간 곳은 '비미비미야키[美味美味燒]'라는 오야키(*밀가루나 메밀 반죽을 얇게 펴서 팥, 채소 등을 넣고 구운 나가노의 향토 음식) 가게였습니다. 바깥에 오야키를 굽는 철판과 계산대만 달랑 있는 작은 점포입니다.

"여기가 수리점이에요?"

"아니, 잠깐 들른 거야……."

그러더니 마리코 씨가 제 코앞에 손을 내밀었습니다. 저는 황급히 백팩을 내려놓고 동전 지갑을 찾았습니다.

"한 개에 50엔이라니, 너무 싼데요?"

벽에 붙은 메뉴판을 훑어보고 오야키 두 개 값으로 마리코 씨에게 100엔을 주었습니다.

"미안해. 난 유령이라서 지갑을 들고 다닐 수 없거든……."

마리코 씨가 변명하는 사이 검은 바탕에 흰 글씨로 '비미비미[美味美味]'라고 인쇄한 티셔츠를 입은 남자가 오야키 두 개를 종이봉투에 담아 주었습니다.

"이 가게 오야키가 옛날부터 이상하게 맛있어서……."

마리코 씨의 미소에 이끌려 한입 베어 먹고 그만 "우욱" 하고 신음을 흘렸습니다.

뭐라고 표현해야 할까요……. 오야키에서는 환풍기 맛이 났습니다. 청소를 게을리한 주방 환풍기에 끈적끈적 눌어붙은 기름때 풍미? 혹은 어딘가 비뚤어진 단맛?

이 가게에서는 어지간히 오래된 기름을 쓰나 봅니다.

그렇게 호소하자 마리코 씨는 "맞아, 너도 아는구나……"라며 여고생처럼 깡충깡충 뛰었습니다.

"고등학생 때 자주 먹었거든……. 하지만 맛이 없어서 금방 망해 버렸어……."

"그게 여기서 부활했다는 거예요?"

마리코 씨에게 '빵점과 백 점 사이'인 맛은 제게는 순수하게 '빵점짜리' 맛입니다.

그나저나 마리코 씨는 제가 태어나기도 전에 이미 세상을 떠났댔는데, 점장님은 제법 젊어 보였습니다.

"바로 그거야……."

원래 있던 점장 부부는 가게가 망하자 진작에 다른 일을 시작했다고 합니다. 하지만 그 맛을 이어받겠다는 젊은 이가 후계자가 되어 이곳 '플러스 1번지'에서 가게를 부활시켰습니다. 그렇게 추억을 전수하는 사람들이 이곳에 모여든다나요.

"훌륭하지……?"

"아하, 전통을 이어 가는 거군요."

그렇게 말하면서도 조금 핀트가 어긋났다는 생각은 했습니다.

마리코 씨는 맛없는 오야키를 뚝딱 해치우고는 제가 한

입 먹고 남긴 것까지 대신 먹어 주었습니다. 왠지 악귀를 떨쳐 내 준 것 같아 고마웠지만 환풍기 맛은 입안에서 사라지지 않았습니다.

이번에는 제가 어묵을 먹고 싶다고 말했는데, 때마침 찾고 있던 수리점이 보였습니다.

긴팔 앞치마에 삼각건이라는 고전적인 옷차림의 아주머니가 무거운 포장마차를 끌며 지나가자 그 건너편으로 '은막점(銀幕店)'이라는 간판이 걸린 가게가 있었습니다.

나무틀이 흰 유리문을 열자 완고해 보이는 영감님이 눈을 부라리며 고개를 들었습니다.

돋보기 렌즈를 위로 달칵 젖히고는 날카로운 시선으로 저와 마리코 씨를 찬찬히 살펴보았습니다. 코 오른쪽에 있는 커다란 점 때문에 콧구멍이 세 개로 보여서 하마터면 웃음을 터뜨릴 뻔했습니다.

"종전 직후 꼬맹이 시절, 영화관의 은막을 닥치는 대로 잘라 내서 팔아먹은 게 바로 이 몸. 장사하는 사람은 자고로 떳떳해선 안 되느니라."

연극 대사 같은 말투에 저희는 둘 다 어안이 벙벙해졌습니다.

"그쪽은 게르마 전기관 안주인인가? 어린 아가씨도 함께 오느라 고생이 많았구먼. 듣자 하니 어젯밤에 큰일이 있었다면서?"

영감님은 긴 화로 옆 수정 구슬 위에 손을 얹고 "뒤에 뒤에"라고 외치더니 주름이 자글자글한 얼굴로 씩 웃었습니다.

"이 볼품없는 은막점을 찾아온 걸 보니 어지간히 심각한 고초를 겪었나 보군. 지배인 양반은 지금쯤 눈을 까뒤집고 범인을 쫓아다니고 있겠지. 그럴 만도 해. 위에서 알게 되면 그야말로 책형 지옥……."

책형 지옥?

"저, 정말이에요, 마리코 씨?"

놀라서 묻자, 영감님이 펄떡 뛰어오르며 무서운 표정을 지었습니다.

"네, 네 이 녀석. 지금 저 여자를 마리코라고 불렀느냐!"

영감님은 돋보기를 몇 번이나 위아래로 매만지며 마리코 씨를 관찰하다가 안경을 내던지더니 저희 쪽으로 얼굴을 쑤욱 들이밀었습니다.

"누구시죠. 곤란하네……."

당황하는 마리코 씨를 보고 영감님이 불같이 화를 냈습니다.

"어이, 마리코. 남자를 홀리고 다니는 불여우 같으니라고. 네가 정녕 이 몸의 얼굴을 잊었단 말이냐!"

"말이 너무 심하신데요."

저도 모르게 끼어들자 마리코 씨가 "괜찮아. 예전부터 불여우나 도둑고양이가 내 대명사라……"라고 하다가 불현 듯 눈썹을 찌푸렸습니다.

"어라……. 영감님, 긴 씨인가요? 긴 씨 맞죠……?"

"누가 영감이란 말이냐! 고얀 것. 그래, 내가 바로 긴 씨다."

영감님이 말씀하시길, 생전의 마리코 씨가 술집에서 일하던 시절에 손님이었던 영감님과 결혼을 약속했다는 모양입니다.

온갖 비싼 선물을 갖다 바치느라 가난에 허덕거리다가 기적적으로 딴 경륜 당첨금으로 반지를 샀는데, 하필 그날 마리코 씨가 다른 손님의 정부가 되어 가게를 그만두었다나요.

"그뿐인 줄 알아?"

그 후 마리코 씨는 또 다른 남성의 아이를 임신하고, 얽히고설킨 치정 싸움 끝에 급기야 살인 사건에 휘말려 이 지경이 되었다고 합니다.

"그만해……. 미성년자에게 들려줄 이야기가 아니

야……."

"착한 척하기는."

영감님은 자리에서 일어나 한쪽 다리를 세우더니 그 무릎을 손바닥으로 철썩 쳤습니다.

"돌아가, 꺼지라고. 네 부탁을 다시 들어줄 성싶으냐!"

불호령을 치는 모습이 가부키의 한 장면 같아서 저도 모르게 손뼉을 칠 뻔했습니다.

그것도 잠시, 영감님이 냅다 기다란 빗자루를 들고 쫓아와서 저희를 몰아냈습니다.

"나 때문에 스크린을 고쳐 달라고 할 수 없게 됐어……."

마리코 씨는 목적을 달성하지 못한 것도 그렇지만 역시 은막점 사장님이 한 말에 충격을 받은 것 같았습니다.

"여행길 망신은 사서도 한다잖아요."

그 뜻이 아니라는 건 알면서도 속담을 들어 가며 마리코 씨를 위로하려던 참이었습니다. 무심코 시선을 들었습니다.

그리 넓지 않은 도로를 사이에 두고 즐비하게 늘어선 상점가의 유리문들이 빛의 각도 때문에 맞거울처럼 보였습니다.

이쪽에 비치는 사물이 저쪽에 비치고, 그게 다시 이쪽에, 그게 또 저쪽에…… 그렇게 무한히 이어지는 터널 속에

자기 모습이 끝없이 보이는 게 바로 맞거울입니다.

원리는 단순하지만 예기치 못한 상황에서 보면 정말 오싹합니다.

자전거를 탄 아저씨도 수백수천으로 늘어나 시야를 가로질러 갔습니다.

그런데 그 속에서 증가하지 않는 사람이 언뜻 보여서 깜짝 놀랐습니다.

방금 전 만난 은막점 사장님 같기도 했습니다.

하지만 워낙 순식간에 일어난 일이라 제대로 볼 겨를도 없었습니다.

은막점 사장님을 닮은 그 사람은 수많은 유리문 중 한 곳으로 들어가 버렸습니다.

"스미레, 왜 그래……?"

"어?"

방금 본 것을 어떻게 설명해야 할지 잠시 고민했지만 더 중요한 사실이 번쩍 머릿속에 떠올랐습니다.

"아, 맞다!"

저는 손뼉을 치며 펄쩍 뛰어올랐습니다.

"영사실에서 우연히 《주마등》 필름을 봤어요!"

이렇게 간단한 사실을 지금까지 왜 몰랐을까요?

외고모할머니가 발견하고, 지배인이 감추려 했던(지금 생각하면 왜 그리 당황했는지 알 것 같아요) 필름판 《주마등》을 사용하면 1관에서도 심야 상영을 할 수 있을지 모릅니다. 그렇게 되면 만사 해결! 지배인도 참, 이렇게 중요한 걸 잊고 있다니 심한 덜렁이라니까요.

"어머나……."

슬픔에 잠겼던 얼굴이 환해졌습니다. 서둘러 게르마 전기관으로 돌아가려던 마리코 씨는 그만 헵번 샌들의 굽이 배수로 덮개에 끼어 휘청거렸습니다.

게르마 전기관 앞에는 아버지의 불륜 상대의 딸, 가논이 콘크리트 계단에 앉아 있었습니다. 문이 닫혀 있어서 어머니 미사키 씨가 무작정 아이를 게르마 전기관 앞에 두고 가 버린 모양입니다.

어쩌면 이리도 막무가내에 무정한 사람일까요!

속이 터져서 발을 동동 굴렀습니다.

"쉬야 하고 싶어?"

"아니야!"

엉뚱한 질문을 하는 가논이 가여워서 꼬옥 끌어안아 주었습니다.

"스미레 언니, 가논이 좋아?"

"그럼, 좋아한단다."

그러자 가논이 "우리 집에 갈래?"라고 했습니다.

"그게 좋을지도 모르겠다……."

마리코 씨가 난리법석인 게르마 전기관에서 데리고 있는 것보다 집에 데려가는 편이 낫겠다고 말했습니다. 《주마등》 문제는 일단 어떻게든 해결될 것 같고, '돌아온 사람'을 찾는 문제는 저희가 도울 수 없기 때문입니다.

그렇게 저는 아버지의 불륜 상대가 사는 집을 찾아가게 되었는데, 이것도 왠지 업보 같습니다.

가논이 사는 집은 두 정거장 떨어진 곳에 있는 시립 주택이었습니다. 낡은 5층짜리 건물 꼭대기 층이었는데 엘리베이터는 없었습니다.

"어서 오세요, 여기가 가논이 사는 집이에요."

묵직한 철문에는 '가자마 도라타로·미사키·가논'이라고 화목해 보이는 가족 문패가 걸려 있었습니다.

가자마 도라타로.

가자마 도라타로.

가자마 도라타로.

처자식을 버리고 도망친 사람의 이름을 무의식중에 중얼중얼 되뇌었습니다.

"스미레 언니도 빨리 들어와!"

"응. 미안."

가논이 사는 곳은 방 두 개에 식당 겸 부엌이 있는 작은 집이었습니다. 안쪽에 낯익은 주황색 상자가 높이 쌓여 있었습니다. 3평 면적의 침실 절반을 차지할 정도로 많았습니다.

"이건……."

어떻게 봐도…… 전부 '미카 인형'입니다.

두 손을 펭귄처럼 깜찍하게 젖히고 '차렷!' 자세로 선 '미카 인형'들이 주황색 상자 안에 누워 있었습니다. 잇몸이 보일 정도로 활짝 웃는 똑같은 얼굴이 이 집 침실에 몇백 개나 쌓여 있는 것입니다.

"아아."

저는 아직 고등학생이지만 사정을 짐작할 수 있었습니다.

가논의 아버지는 틀림없이 다단계 사기를 당한 거예요. 아마도 능수능란한 감언이설에 속아 인기 있는 리카 인형이 아니라 그 모조품인 '미카 인형'을 잔뜩 떠안았겠지요.

그런데 하나도 안 팔리는 거예요.

빚까지 졌다고 했으니, 근심 끝에 결국 행방을 감추었겠죠…….

그래서 제 아버지의 불륜 상대이자 가논 아버지의 부인(복잡하네요!) 미사키 씨는 남편의 빚을 갚으려고 낮에는 마트에서, 밤에는 술집에서 일하다가 저희 아버지를 낚았고, 게르마 전기관은 탁아소가 되었고, 팔리지도 않는 '미카 인형'은 이렇게 산더미처럼…….

괜히 분통이 치밀어 올랐습니다.

"어머나……."

마리코 씨의 창백한 얼굴을 보니 역시 똑같은 추측을 했다는 걸 알 수 있었습니다.

저는 마음을 가다듬고 책장을 살펴보았습니다. 어렸을 때 읽었던 《선녀와 나무꾼》 그림책이 있었습니다.

"스미레 언니, 그림책 읽어 줘!"

옆에 얌전히 앉아 있는 가논이 너무 귀여워서 방금 전까지 화를 냈다는 사실도 까맣게 잊어버렸습니다.

"이렇게 보니 정말 자매 같네……."

마리코 씨가 태연하게 눈치 없는 소리를 했지만 저는 씩씩하게 그림책을 읽기 시작했습니다.

"옛날 옛적 어느 마을에 한 젊은이가 살고 있었습니다.

일을 마친 젊은이가 호숫가에 가 보니 아름다운 백조 한 마리가 하늘에서 내려왔습니다. 백조는 하얀 날개옷을 벗고 아름다운 여인으로 변했습니다.

숨어서 몰래 지켜보던 젊은이는 기절초풍했어요.

젊은이가 보고 있는 줄도 모르고 백조 선녀는 날개옷을 나뭇가지에 걸어 두고 기분 좋게 목욕을 시작했습니다.

아름다운 선녀를 계속 보고 싶었던 젊은이는 선녀의 날개옷을 감춰 버렸습니다. 목욕을 마친 선녀는 날개옷을 찾았지만 아무리 찾아도 보이지 않았습니다. 날개옷이 없으면 하늘로 돌아가지 못합니다. 선녀는 곤경에 빠졌습니다."

"예나 지금이나 남자들이란 정말 치사해……."

"아니야, 사람은 다 그래!"

세상사의 쓴맛 단맛을 다 본 마리코 씨와 가논이 한마디씩 했지만 저는 계속 낭독했습니다.

"젊은이는 친절한 척하며 선녀에게 자기 옷을 빌려주었습니다. 그 후 선녀를 위해 열심히 일하는 젊은이를 보고 선녀는 그의 아내가 되어 주었습니다. 두 사람 사이에서 아이도 태어나 가족끼리 행복하게 살았습니다.

그러던 어느 날, 아이가 혼자 노래를 부르며 놀고 있었습니다.

선녀의 날개옷은 광 속에 있어. 아버지가 숨겼어요. 선녀의 날개옷을.

그 노래 가사를 들은 선녀가 광을 찾아보니 잃어버린 줄 알았던 날개옷이 나왔습니다.

'사랑하는 당신, 나와 아이를 두고 떠나지 마오.'

'영리한 당신, 인간은 이 세상에서 살고, 선녀는 하늘에서 살아야 해요.'

선녀는 날개옷을 펄럭이며 하늘로 돌아가 버렸답니다."

낭독을 마치자 중간부터 따분했는지 딴청을 부리던 가논이 주황색 상자를 뜯어 '미카 인형'을 거칠게 꺼냈습니다. 마리코 씨는 어찌 된 영문인지 저의 낭독에 감동해서 촉촉한 눈시울을 닦는 게 아니겠어요?

"마리코 씨, 괜찮으세요?"

"인간은 이 세상에서, 선녀는 하늘에서 살아야 해요. ……이 대목, 정말 심금을 울려……."

진심으로 감동했는지 마리코 씨가 심각한 표정으로 그림책을 다시 읽었습니다. 그러는 사이 가논은 베란다 창문을 열고 '미카 인형'을 휙휙 내던지기 시작했습니다.

"이런 거 필요 없어! 필요 없어!"

가논은 인형을 내던지면서 울었습니다. 그 모습을 보니

저도 덩달아 눈물이 맺혔습니다.

"뭘 버리는 거야! 당장 그만둬, 어서 주워 가! 내려와서 주워!"

가논의 울음소리에 1층에서 버럭버럭 항의가 빗발칩니다.

저는 서둘러 창문을 닫고 1층과 5층 사이를 두 번이나 왕복해서 가논이 내던진 '미카 인형'들을 회수했습니다. 그러곤 너무 힘들어서 냉장고에 있던 칼피스 소다를 마셨습니다.

"스미레 언니, 미안해."

괜찮아. 이런 일이라면 몇백 번이든 계단을 왕복할 수 있어.

결국 미사키 씨가 마트 아르바이트를 마치고 돌아올 때까지 저희는 가논의 집에 머물렀습니다. 책장에 있는 그림책을 모조리 읽어 주느라 목이 바짝 쉬어서 2리터짜리 칼피스 소다 병을 싹 비웠습니다.

돌아갈 때는 두 번째 일을 나가려고 완벽하게 치장한 미사키 씨가 가논과 함께 현관에 나와 배웅해 주었습니다.

"오늘 고마웠어, 스미레 양. 혼자 돌아갈 수 있겠어?"

마리코 씨가 미사키 씨의 수수한 투피스를 매의 눈으로 관찰하고 있었지만 미사키 씨 눈에는 보이지 않을 테니 모르는 게 약입니다. 뭐, 마리코 씨야 누구 눈에도 안 보이겠지만요.

"그럼, 저기……."

어떻게 물러나야 할지 몰라 고개도 숙여 보고 머리도 긁적거려 보는데 신발장 위에 놓인 액자에 눈길이 갔습니다.

가논을 사이에 두고 핸드메이드 스웨터를 입은 미사키 씨와 같은 색 모자를 쓴 남자가 찍혀 있었습니다. 동그랗게 뜬 눈이 가논과 비슷한, 무척 젊어 보이는 미남이었습니다.

"아하하…… 아하하……."

미사키 씨가 허둥지둥 액자를 감추더니 도저히 즐거워 보이지 않는 목소리로 웃었습니다.

"아, 죄송해요."

저도 당황해서 굽신굽신 고개를 숙이며 뒷걸음질로 문밖으로 나왔습니다.

'우리 아버지도 마찬가지지만 가자마 도라타로도 구제불능이야.'

집으로 돌아가는데 가논과 제 얼굴이 머릿속에서 빙글빙글 맴돌아 저절로 말수가 줄어들었습니다.

"저기, 스미레……."

그림자가 없는 자기 발치를 내내 응시하고 있던 마리코 씨가 갑자기 고개를 꼿꼿하게 들었습니다.

“아까 말했던 《주마등》 필름 말이야, 지배인님한테 말하기 전에 내가 좀 봐도 될까……?”

“상관은 없는데요.”

그렇게 말하다가 깜짝 놀라 걸음을 멈췄습니다.

“하지만.”

그런 짓을 하면 마리코 씨는 성불하게 되어요. 지배인님이 모르는 사이에 혼자서 천국으로 가 버리는 거예요.

“갑자기 왜 그래요?”

“영리한 당신, 산 사람은 이 세상에 머물고, 죽은 사람은 저세상으로 가야 해요…….”

마리코 씨가 가녀린 목소리로 말했습니다. 그것은 가논에게 읽어 준 그림책의 오마주였습니다.

‘영리한 당신, 인간은 이 세상에서 살고, 선녀는 하늘에서 살아야 해요.’

“역시 나는 잘못을 저지르고 있는 것 같아……. 이쪽 세상에 있어서는 안 돼…….”

“으음.”

뭐라고 대답해야 할지 모르겠습니다.

“지배인님이 있을 때는…… 도저히 뿌리치고 갈 수가 없어……. 하지만 원령도 아닌데 이쪽 세상에 머물러서는 안 돼⋯⋯."

마리코 씨는 어중간한 태도로 웅얼거렸습니다. 옛날 영화에서 '원통하도다⋯⋯'라고 읊조리는 귀신하고 비슷한 말투입니다. 그 모습은 평소보다 더 창백해 보였습니다.

그 무렵, 히라이 레이나는 감기로 결석했습니다.

열 때문에 벌건 얼굴로 일어난 히라이를 본 부모님이 다시 이불 속으로 돌려보낸 것입니다.

"심하지 않으니 학교에 갈래."

사실은 열 때문에 오한도 심하고 몸에 힘도 들어가지 않았습니다. 상당히 심각한 상태라는 건 남들 눈에도 뻔했습니다.

"레이나, 무리하면 안 돼."

"레이나는 정말 학교를 좋아하는구나."

히라이는 성실한 딸을 칭찬하는 부모의 목소리를 원망스러운 심정으로 듣고 있었습니다.

그런 게 아니라니까.

아버지는 평소와 다름없이 본인이 경영하는 '히라이 마

트'로 출근했습니다. 어머니는 누워 있는 딸에게 아침 식사를 가져다주고 종합 감기약을 먹을 때까지는 곁에 있었지만 역시 히라이 마트로 출근했습니다. 부모님은 히라이 마트에서 사장과 전무로 일하고 있습니다.

"계속 아프면 엄마한테 전화하렴."

집 안에 히라이 혼자 남았습니다.

감기 기운은 점점 심해지는데 어찌 된 영문인지 눈만 또렷해집니다. 할머니 생각이 자꾸만 머릿속에 떠올랐습니다. 할머니가 돌아가시고 나서 히라이는 때때로 히스테리를 부릴 정도로 공포에 휩싸였습니다. 그러다가도 또 조금 지나니 기분 탓으로 느껴지기도 했습니다.

그렇지만 이렇게 혼자 있을 때는 정말로 할머니가 다가오는 것 같습니다.

존재를 느낍니다.

'이래서 집에 있기 싫었는데.'

히라이는 깃털 베개로 귀를 막았습니다.

이제 막 잠이 들려던 찰나, 물소리가 들려왔습니다. 누가 수도꼭지를 제대로 잠그지 않은 걸까요?

푹신한 베개에 귀를 힘껏 묻을수록 물소리는 점점 더 또렷하게 들려옵니다……

‘어쩔 수 없네.’

히라이는 수도를 잠그러 갔습니다.

평소와 다름없이 따뜻하고 환한 부엌에서 맛있는 과자
냄새가 났습니다.

식기가 달그락 부딪치는 소리. 잔에 차를 따르는 소리.

히라이는 퀼트 커버를 씌운 소파에 앉아 열이 나는 머리
로 멍하니 생각했습니다.

퀼트 같은 건 우리 집에 없었는데…….

‘레이나, 식기 전에 어서 먹어야지.’

하얀 머리를 예쁘게 쪽 찐 할머니가 몸을 돌려 이쪽을
돌아봅니다.

바로 그때 히라이는 “힉!” 숨을 삼키며 눈을 떴습니다.

감기 때문에 열이 올라 그런 꿈을 꿨는지도 모릅니다. 잠
에서 깨자마자 다시 이불 속으로 들어가게 된 히라이는 불
만스럽게 항의했습니다.

“심하지 않으니 학교에 갈래.”

“레이나, 무리하면 안 돼.”

“레이나는 정말 학교를 좋아하는구나.”

“계속 아프면 엄마한테 전화하렴.”

집 안에 히라이 혼자 남았습니다.

물소리가 들립니다.

‘어쩔 수 없네.’

히라이는 수도를 잠그러 갔습니다. 평소와 다름없이 따뜻하고 환한 부엌에서 맛있는 과자 냄새가 났습니다.

‘레이나, 식기 전에 어서 먹어야지.’

할머니 꿈, 잠결에 나눈 대화, 그리고 집 안에 혼자 남은 상황.

일련의 일들을 맞거울처럼 수백 번 반복한 끝에 할머니가 히라이에게 이렇게 말했습니다. 마치 맞거울 속에 불쑥 끼어든 실체 없는 존재처럼.

‘레이나야. 유령이 보인다는 그 친구를 데려오렴.’

할머니 목소리가 남자처럼 저음으로 변했습니다.

긴팔 앞치마 밑으로 마치 바퀴벌레 날개 같은 붉은 연미복 옷자락이 보였습니다.

한편 같은 시각, 저희 어머니 히로미는 취미 학원에 갈 기분이 아닌지 집에 가만히 있었습니다. 이유도 없이 너무너무 집안일을 하고 싶었던 것입니다.

어머니는 전업주부지만 가사는 서툰 편입니다. 요리도 배우고는 있지만 배움과 실생활은 별개죠. 학원에서 부야베스(*프랑스 마르세유에서 유래한 해산물 스튜)는 만들 줄 알아도 집에서 방어 무조림은 만들 줄 모릅니다. 다니는 학원이 많아서 집에 있는 시간이 적다 보니 요리를 할 시간이 부족합니다.

하지만 딸을 위한 도시락만큼은 훌륭하게 만듭니다.

오늘 아침에도 엄청난 걸작을 만들었습니다.

작은 용기에 케첩 볶음밥을 담고 그 위에 장국으로 간한 앙증맞은 오믈렛을 얹었습니다. 어린 완두콩을 곁들이고 그 옆에 가로로 얇게 썬 빨간 비엔나소시지를 꽃잎 모양으로 장식했습니다. 자그마한 햄버그 위에는 소스를 바르고 파슬리를 뿌렸으며, 메추리알은 검은깨로 콕콕 눈을 붙여 얼굴을 표현했습니다. 당근과 옥수수, 브로콜리는 꽃밭처럼 깔았습니다.

이런 도시락을 싸 줘도 딸은 귀엽다거나 맛있다는 말을 하지 않지만, 그 대신 한 톨도 남기지 않으니 결국 똑같은 뜻입니다. 억지로 칭찬하는 것보다는 그런 반응이 더 낫죠. 저도 좋아서 만드는 거니까요. 서로 스트레스 받지 않도록.

남편 도시락은 만들지 않습니다.

설령 100억 엔을 준다고 해도 만들고 싶지 않네요.

이유가 뭘까요? 분명 맛있다느니 맛없다느니 품평하기 때문이겠지요. 아니, 맛없다는 말은 차마 못 할 거예요. 배짱이 있다면 어디 한번 말해 보시지. 공기처럼 존재감 없는 남자. 공기, 공기. 게다가 요즘에는 나이 때문인지 고약한 냄새까지 나서. 완전히 화장실 공기예요.

그 사람 생각을 했더니 요리할 마음이 사라졌어요.

그래서 요리가 아니라 청소를 시작했습니다.

막상 청소를 해 보니 구석구석 먼지투성이네요. 이 집을 지은 뒤로 한 번도 바닥을 물걸레로 닦은 기억이 없습니다. 얼마 전 다마에 고모님이 오셨을 때 잔소리를 듣지 않은 게 용할 정도예요. 그런 생각을 하니 살짝 식은땀이 났습니다.

오랜만에 딸이 쓰는 방을 들여다봤습니다.

소녀다운 아기자기한 맛은 부족하지만 어쨌든 깔끔한 방입니다. 그런 점이 왠지 남편을 닮은 것 같아 조금 짜증이 납니다.

'미카 인형'은 컴퓨터와 책장 사이, 눈에 띄지 않는 사각지대에 있었습니다. 남편이 느닷없이 사 온 그 엉뚱한 선물 말입니다.

그 사람도 참, 제가 방심한 틈을 놓치지 않고 열 받는 포인트를 정확히 자극합니다. 눈에 띄지 않는 곳에 둔 것을 보니 딸도 역시 짜증 났던 모양이지만, 일단은 선물이라고 형식적으로나마 선반에 장식해 두는 점도 아버지를 쏙 빼닮았습니다.

정말이지, 얘도 참…….

어머니는 긴 한숨을 내쉬었습니다.

학교에 가기 싫다느니 게르마 전기관이라는 곳에서 일하고 싶다느니 엉뚱한 소리만.

하지만 그 소동을 떠올리면 이상하게도 기분이 좋아집니다. 원래 어머니로서 걱정해야 마땅하겠지만, 딸이 그런 엉뚱한 말을 꺼내다니 솔직히 기뻤습니다.

평소답지 않게 역에서 기다리고 있다가 게르마 전기관 이야기를 꺼낸 것도 약간 들떠 있었던 탓입니다. 오늘 이렇게 학원을 빼먹은 것도 같은 이유일까요?

책상 위에 낡고 자그마한 사진집이 있었습니다.

어디서 많이 본 여우원숭이 사진집이었습니다. 사이는 좋았지만 세상을 떠나 버린 사촌 언니의 소지품입니다.

여우원숭이를 좋아하는 사촌 언니의 취향을 이해했던 것은 우리 딸뿐이었는데, 이 소중한 책을 빌려주고 얼마 지나지 않아 사촌 언니는 급환으로 세상을 떠났습니다. 커다란 눈동자에 뾰족한 코를 가진 원시적인 원숭이. 두 사람 눈에는 매력 포인트였던 모양이지만……. 어머니는 그 두 사람 취향은 알다가도 모르겠다고 생각했습니다.

사촌 언니를 그리워하는 마음 반, 이런 원숭이를 좋아하는 딸을 애처롭게 여기는 마음 반으로 페이지를 넘겼습니다.

한 장. 두 장. 세 장.

문제의 폴라로이드 사진을 발견한 것은 중간쯤 넘겼을 때였습니다.

그것은 눈치 없는 남편의 오지랖처럼 방심한 틈에 불쑥 튀어나왔습니다.

사진을 노려보았습니다.

연한 색채로 장식된 실내 풍경은 술집처럼 보였습니다. 'club alibi'라니, 웃기지도 않은 이름에 눈썹이 찌푸려졌습니다.

'club alibi'라는 가게 이름이 새겨진 가슴 모양 조각상 옆에서 뺨을 맞대고 있는 사람은 다름 아닌 남편 구스모토 요시오와…….

6
영감 없는 유령……

게르마 전기관 영사실은 사무실 안에 있는 계단을 올라가야 나옵니다.

휴관 조치를 하고 출입구를 닫기가 무섭게 영화관에 텁텁한 먼지 냄새가 감돌기 시작했습니다. 게르마 전기관이 정말로 망할지도 모른다는 예감을 얼른 떨쳐 냈습니다. 하지만 음울한 기운은 문을 꼭꼭 닫은 어두운 사무실로 갈수록 점점 더 짙어졌습니다.

"으악!"

계단 밑에 평소에는 없던 물건이 놓여 있어 하마터면 걸려 넘어질 뻔했습니다.

"이건 뭐예요?"

영사실에 있는 물건보다는 작지만 꽤 묵직한 영사기였습니다.

대충 설명하자면 사각형 본체 뒷면과 윗면에 필름 릴이 붙어 있었는데, 미키마우스 얼굴을 아날로그 로봇으로 그려 놓은 듯한 형체입니다.

"심야 상영 때문에 2관을 치울 때 둘 곳이 마땅치 않아 가져왔어……."

"하아."

트럭 몇 대는 필요해 보였던 2관의 다른 짐들은 어떻게 했을까요?

"……."

생각해 봐도 소용없으니 일단 영사실로 이어지는 어두운 계단을 올라갔습니다.

마리코 씨가 뒤따라옵니다.

"우도 씨가 일하는 영사실."

저는 감상에 젖어 중얼거렸습니다.

자극적인 필름 냄새가 남아 있는 공간에는 온통 영사 관련 물건들뿐이었습니다.

바로 그때, 검은 휴대전화가 철제 선반 위에 덩그러니 놓여 있는 게 보였습니다. 우도 씨가 깜빡 두고 갔나 봅니다. 의외로 덜렁이일지도 모르겠어요.

"전화기가 여기 있으니 전화해서 알려 줄 수도 없겠네……."

마리코 씨가 대수롭지 않다는 듯 중얼거립니다.

"제가 나중에 가져다줄게요!"

버럭 외치고 나서 더듬더듬 핑계를 덧붙였습니다.

"혼자 사니까 휴대전화가 없으면 불편하잖아요. 아니, 혼자 사는지 어떤지 모르지만."

"우도 씨는 혼자 사는 것 같았어……."

마리코 씨는 역시나 건성으로 대답하며 사무실에 직원 명부를 가지러 갔습니다. 직원 명부라고는 해도 우도 씨와 제 이름뿐이지만.

어쨌거나 이렇게 우도 씨 집 주소도 알아냈고, 잊어버린 물건도 가져다줄 수 있습니다. 이런 행운이 찾아오다니!

"스미레, 행복해 보이네……."

마리코 씨는 심각한 눈빛으로 철제 선반 위에 놓인 금속 필름 캔을 바라보았습니다. 그 안에는 망자를 저승으로 보내 주는 영화《주마등》이 들어 있습니다.

"스미레, 영사기 쓰는 법을 벌써 배웠어……?"

"우도 씨의 일거수일투족은 빠짐없이 기억하거든요."

저는 필름 캔을 들고 영사기 옆에 섰습니다.

외고모할머니가 견학 오셨을 때 필름을 세팅하는 방법을 외웠습니다. 기계치인 저로서는 기적 같은 성과지만 사랑의 힘이라고 생각하면 이상할 것도 없죠.

그렇지만 이제부터 하려는 작업을 생각하면 즐거워할 수 없었습니다.

마리코 씨는 유령이지만 몇 안 되는 제 친구입니다. 세상 이치가 그렇다고 해도 마리코 씨가 저세상으로 떠나 버린다면 제 마음에 뚫린 구멍으로 평생 바람이 휘몰아칠 거예요.

"모두 언젠가는 이별해요. 그렇다면 기쁜 만남일수록 사실은 더 슬픈 인연이네요."

"그렇게 말해 주니 기뻐……."

마리코 씨가 가녀린 팔로 저를 부둥켜안았습니다. 엄청난 한기가 번개처럼 온몸을 훑고 갔습니다.

"그럼, 렛츠 고……."

마리코 씨가 마치 스스로에게 말하듯 서글픈 목소리로 중얼거렸습니다.

"정말 지배인님을 안 만나도 괜찮겠어요?"

"응……."

마리코 씨의 목소리는 청력 검사 신호음처럼 가늘고 아스라했습니다.

그 가느다란 목소리에 귀를 기울인 덕분이겠지만, 멀리서 사람 발소리가 들렸습니다.

"왜 그래……?"

제가 긴장하는 기색을 느꼈겠지요. 이 세상을 떠날 결심을 굳힌 마리코 씨도 걱정과 불안이 뒤섞인 표정으로 저를 쳐다보았습니다.

저는 영사실 창문으로 객석을 살펴보았지만 어둡기만 하고 아무것도 보이지 않았습니다.

"기분 탓인가 봐요."

다시 필름을 세팅하고 영사실의 불을 껐습니다.

아무래도 긴장했는지 제 숨소리도 쌕쌕 거칠어졌습니다.

딸꾹.

바로 옆에서 딸꾹질 소리가 들렸습니다. 제가 아닙니다.

"마리코 씨, 지금 딸꾹질했어요?"

"죽고 나서는 횡격막이 떨릴 일이 없는데……."

"그렇겠네요."

그럼, 우리 말고 또 누가 있다……?

저는 전등 스위치를 켜고 껌뻑거리는 어두운 형광등을 지켜보다가 불이 완전히 켜진 순간 주위를 둘러보았습니다. 어쩌면 당연한 일이지만 그곳에는 저와 마리코 씨뿐이었습니다.

"기분 탓일까요?"

"기분 탓이야……."

마리코 씨는 재촉하듯 가녀린 손바닥으로 영사기를 가리켰습니다.

"얼른 보자……. 지배인님이 오면 나…… 나……."

"네."

꾸물거릴 때가 아닙니다. 저는 마음을 굳게 먹고 고개를 끄덕였습니다.

다시 영사기의 전원을 켜고 불을 껐습니다.

램프 하우스에서 나오는 빛이 스크린에 카운트다운 숫자를 비추었습니다.

우리는 영사기를 사이에 두고 객석 쪽으로 난 창문 너머로 스크린을 응시했습니다.

이윽고 시작된 영화는 초점도 맞추지 않았는데 선명한 영상이 맺혔고, 음성도 모니터 스피커가 아니라 아예 다른 곳에서 들려오는 것 같았습니다. 다시 말해 눈으로 직접 보는 광경처럼 사실적인 영상이었습니다.

생각해 보면 이때, 성불할 필요가 없는 저까지 《주마등》을 볼 필요는 없었습니다. 저는 살아 있는 사람이니 따분하기 짝이 없는 영상을 보다가 꾸벅꾸벅 졸아 어젯밤과 똑같은 꽃밭과 우체국 꿈을 꾸어야 했습니다.

그런데 이번 필름판 《주마등》에서 제가 본 것은 잠들 만큼 따분한 영상이 아니었습니다. 덕분에 도시 전설로 변한 악몽을 꾸는 일도 없었습니다.

제가 영사실 창문 너머로 본 것은 다과회 풍경이었습니다. 아기자기한 컨트리풍 응접실에 있는 사람은 히라이 모녀였습니다.

'어라?'

듣기 좋은 바로크 음악이 흐르고 김이 모락모락 나는 따뜻한 홍차에서는 향기까지 느껴졌습니다.

두 사람은 굳은 표정으로 한마디도 하지 않고, 차도 입에 대지 않았습니다. 음악 소리가 없었다면 모니터 스피커가 고장 난 줄 알았을 정도입니다.

영상이 천천히 바뀌어 호화로운 벽 선반이 비쳤습니다.

'미카 인형'이 슬그머니 클로즈업되었습니다.

나는 왜 《주마등》을 보고 있는 거지?

혹시 내가 죽었나?

생각하면 할수록 으스스했습니다.

‘미카 인형’ 옆에 꽃장식이 달린 손거울이 있었습니다. 시선의 주인이 손거울을 집어 자기 얼굴을 보려 했습니다.

제발 거울에 비친 사람이 제가 아니기를.

애초에 저는 히라이를 다과회에 초대한 적이 없어요. 저희 집에는 저렇게 아기자기한 응접실도 없고요.

아니, 외고모할머니 댁 응접실하고는 조금 비슷합니다. 정원에는 들새를 위한 먹이통이 있는데, 외고모할머니는 찾아오는 새마다 이름까지 지어 주었습니다.

그런 시시껄렁한 생각을 하는 사이 거울에 얼굴이…… 비치기 직전에 다른 영상으로 바뀌었습니다.

온통 파란색의 그 영상이 맑게 갠 하늘이라는 것을 알아차리기까지 조금 시간이 걸렸습니다.

카메라가 비추는 ‘누군가’의 시선은 전깃줄이 가로지르는 하늘과 주택 외벽을 바라보다가 그대로 화이트아웃.《주마등》은 그렇게 어정쩡하게 끝났습니다.

대체 누구의 《주마등》이었을까요?

혹시나 제《주마등》이었다면 제가 성불해 버렸겠지요?

스크린에서 눈을 떼어 손바닥도 흔들어 보고 발도 굴러

보며 성불하지 않은 게 맞는지 확인했습니다. 괜찮아요, 아직 이 세상 사람인 것 같네요.

그러다가 깜짝 놀라 영사기 맞은편을 살펴보니…….

'마리코 씨, 떠나 버렸나요!'

아니요.

마리코 씨도 성불하지 않고 영사기에 기대어 선 채로 꾸벅꾸벅 졸고 있었습니다. 입을 헤 벌리고 코를 쿨쿨 골고 있습니다.

"어머, 푹 잠들어서 꿈까지 꿨네……."

마리코 씨는 선잠에서 기분 좋게 깨어나 하품을 했습니다.

"마리코 씨, 무사한 거예요?"

"무사하다고 해야 하나……. 왠지 성불하지 못한 것 같아……."

마리코 씨는 안도한 기색으로 "나, 영감이 없거든……." 이라고 중얼거렸습니다.

"하지만 꿈에서 그리운 장소를 봤어……."

어지간히 즐거운 꿈이었는지 마리코 씨는 유령인 주제에 환한 얼굴로 말했습니다.

어찌 됐든 마리코 씨는 인생의 《주마등》은 보지 못하고 선잠을 자다가 꿈을 꾼 것입니다.

"어떤 꿈이었나요?"

"익숙한 장소가 꿈에 나왔어……. 산 위에 신기한 우체국이 있는데, 그 뒤편이 다 꽃밭이거든……. 전에는 항상 거기 갈 때마다 문전박대를 당했는데 이번에도 혼났지 뭐야……."

"혹시, 펀치 파마 아저씨한테 혼났나요?"

"맞아. 그 사람, 정말 심술 맞지……?"

마리코 씨는 또 하품을 했습니다.

어찌 된 일인지 마리코 씨는 살아 있는 사람하고 똑같은 디폴트 영상을 본 모양입니다. 게다가 그 악몽이 마리코 씨의 기억 속 한 장면이기도 하다는 사실.

반대로 저는 정체 모를 누군가의 《주마등》을 보고 말았습니다. 기분 탓이겠지만 어쩐지 유령이 된 것처럼 기운이 없습니다.

"저기……."

저는 방금 보았던 이해할 수 없는 영상을 머릿속으로 되짚어 보았습니다.

히라이가 있던 다과회.

중단된 영상.

전깃줄이 가로지르는 푸른 하늘.

“아, 설마.”

문득 예전에 어머니가 해 주신 이야기가 떠올랐습니다.

어머니와 나나에 이모가 이곳 게르마 전기관에서 보았다는 영화 말이에요. 영사 기사가 상영용 필름을 편집할 때 실수로 프랑스 영화에 무협 활극을 이어 붙여 버렸다는 이야기요.

“왜 그래⋯⋯?”

마리코 씨는 성불을 못 했는데 어쩐지 전보다 더 활기차 보였습니다.

솔직히 저도 마리코 씨가 변함없이 곁에 있다는 사실이 기뻐서 마음이 가벼워졌습니다. 한편으로 감기에 걸린 것처럼 몸은 무거웠지만요.

“필름에 문제가 있는 걸지도 몰라요.”

저는《주마등》필름을 영사기에서 빼내서 편집대에 있는 릴로 옮겼습니다.

엉뚱한 영상이 나온 부분을 조사해 보니 정말 잘라 붙인 흔적이 있었습니다.

“역시 편집한 필름이네요. 이 필름, 일부분이 잘려 나갔어요.”

저도 모르게 큰 소리로 말하면서 마리코 씨를 돌아보았

습니다.

"어디, 어디……."

영사실에서 하는 편집은 여러 권으로 나뉘어 있는 필름을 이어 붙이려고 하는 작업이니 한 권으로 끝나는 단편 영화를 편집할 필요는 없습니다.

다시 말해 필름판 《주마등》은 누군가가 의도적으로 편집했다는 뜻입니다.

그 때문에 제가 본 영상에서 누구의 《주마등》인지 알 수 있는 결정적인 단서가 사라졌습니다.

"에잇."

버릇없이 혀를 차니 저를 나무라기라도 하듯 영사실 벽이 삐걱거렸습니다.

"어?"

이래 봬도 유령을 보는 특기를 가진 몸이라 위험한 기운을 감지했습니다. 이게 바로 영감일지도 몰라요. 영능력자 같아서 멋있긴 하지만 솔직히 무서웠습니다.

몸도 갑자기 더 무거워지고 관절도 굳어 버린 게, 마치 뭔가에 씐 느낌입니다. 비틀비틀 영사실 창가로 다가가자 어두운 객석에 검붉은 사람 그림자가 보였습니다.

사람이라기보다 거대한 바퀴벌레 같은 실루엣이었습

니다.

“마리코 씨, 무서운 소리를 해서 정말 죄송한데요……”

저는 마리코 씨에게 매달렸습니다.

“무서워요. 뭔가가 게르마 전기관에 숨어들어 와서 제게 들러붙어 있는 것 같아요.”

“어머나……”

마리코 씨는 유령답게 “여기는 내게 맡겨……”라며 가슴을 폈습니다.

“사무실에 있는 감실에 기도를 올리자……”

마리코 씨가 그렇게 말한 순간.

작은 게르마 전기관을 뒤흔들 만큼 커다란 소리가 울려 퍼졌습니다.

‘그런 짓도 다 소용없다아아아아아아아아아!’

할리우드 영화 예고편처럼 몹시 또렷하고도 무시무시한 목소리였습니다.

저는 아까부터 몸이 무거운 것도 잊고 “꺄악! 꺄악!” 하고 비명을 질렀습니다.

“괜찮아…… 내가 지켜 줄게……”

하나도 미덥지 않은 목소리로 말하는 마리코 씨 역시 부들부들 떨고 있었습니다.

얼음처럼 차가운 마리코 씨에게 매달려 신경을 곤두세우고 있자니 영사실 창문 너머에서 뭔가를 벅벅 긁는 무기질적인 소리가 들려오기 시작했습니다.

저희는 둘 다 엉거주춤한 자세로 소리가 나는 방향으로 다가갔습니다. 어둠 속에서 시선을 집중하자 수상한 사람 그림자가 정말 무대 위에 있었습니다.

저희는 서로 부둥켜안은 채, 객석으로 내려갔습니다.

"지배인님!"

불이 꺼진 극장에 몰래 들어와 무대 위에 책상다리로 앉아 있는 사람은 다름 아닌 지배인이었습니다. 영사실 조명과 비상구의 초록색 불빛이 지배인의 심각한 표정을 어렴풋이 비추었습니다.

"요즘 스피커 상태가 안 좋아서."

지배인이 투덜거렸습니다.

"그보다 두 사람은 지금까지 어디 있었던 거야?"

뾰족한 수염을 파르르 떨며 지배인이 굳은 목소리로 말했습니다.

평소 마리코 씨에게 어리광을 부리거나 수줍어하는 모습만 봐서 그런지, 그 앞에서도 화난 표정을 짓고 있는 지배인이 조금 무섭게 느껴졌습니다.

아니요. 지배인은 화를 내는 게 아니었습니다. 요란한 수염과 동그란 눈동자가 마치 축제 때 쓰는 가면처럼 무표정하게 굳어 있어서 속마음을 전혀 알 수 없었습니다.

"영사실에 있었어요."

능란하게 거짓말을 할 재주도 없어서 작은 목소리로 대답했습니다.

"영사실에서 뭘 하고 있었나?"

"저기, 그러니까, 우도 씨가 두고 간 물건을 찾고 있었어요."

저는 한층 더 작은 목소리로 대답하면서 우도 씨의 휴대전화를 눈앞에 꺼냈습니다. 지배인은 "흐음" 하고 콧숨을 길게 내뿜더니 빳빳하게 다듬은 수염을 흔들었습니다.

"어렵네."

아무래도 저희보다 스피커 고장이 지배인의 관심을 끈 것 같았습니다.

"여기인가?"

드라이버를 돌리자 다시 '그런 짓도 다 소용없다아아아아아아아아!'라는 굉음이 메아리쳤습니다.

"저기, '돌아온 사람' 수색은 어떻게 됐어요?"

두 손에 연장을 쥐고 고민에 빠진 지배인의 뒷모습에 대고 조심스레 물어보았습니다.

지배인은 "어?" 하고 어리둥절한 표정으로 돌아보더니 퉁명스럽게 "없어"라고만 대답했습니다.

휴대전화를 가져다주자 예상과 달리 우도 씨는 기뻐했습니다.

"깜빡한 줄도 몰랐어."

친구가 없어서 평소 전화나 메시지도 오지 않는다고 합니다.

그런 이야기를 술술 털어놓다니 정말 소탈한 사람이에요. 그뿐 아니라 "마침 커피를 내렸어"라며 들렀다 가라고 해서 저는 하늘로 날아갈 듯한 기분이었습니다.

우도 씨 집은 저희 집과는 반대 방향이었는데, 버스를 타고 국도를 따라 동쪽으로 가면 나오는 적당히 한적한 주택가에 있었습니다. 집집마다 깔끔하게 가꾼 예쁜 앞마당이 있었는데, 우도 씨 집도 동화에 나오는 것처럼 깜찍한 단독 주택이었습니다.

"우도 씨 자가예요?"

실례인 줄 알면서도 물어보고 말았습니다. 거듭 실례되는 말이지만 게르마 전기관 월급으로 이렇게 쾌적한 단독 주택을 빌리기는 어려울 것 같았기 때문입니다.

우도 씨는 제 머릿속을 읽은 것처럼 "사연 있는 건물이라 월세가 아주 저렴하거든"이라며 웃었습니다.

"이 집 말인데, 혼자 살던 어르신이 고독사하셨대. 그래서 좋은 조건으로 빌릴 수 있었어."

"어머나."

어르신이 고독사했다는 말을 들으니 히라이네 할머니가 떠올랐습니다. 히라이가 말한 괴현상이 사실인지 착각인지는 모르겠습니다만, 히라이가 그것 때문에 상당히 고민하고 있다는 건 확실합니다.

생각해 보면 제 등교 거부도 그 일이 시초였습니다.

히라이한테는 미안한 일이지만 어제 마리코 씨가 짓궂은 장난으로 겁을 줬으니 당분간 얼굴을 볼 일은 없겠죠.

"뭘 그렇게 멍하니 있어? 커피라도 마시지그래?"

우도 씨의 말을 듣고 허둥지둥 식탁 앞에 앉았습니다. 나뭇결이 고운 테이블 위에 투박하기 그지없는 머그잔이 떡하니 놓여 있습니다. 우도 씨가 쓰지 않아서 그런지 우유도 설탕도 없습니다.

구조 자체는 예스러운 컨트리풍 주택이었지만 우도 씨의 물건들은 굉장히 심플했고, 그마저도 영화 관련 물품들뿐이었습니다.

깔끔하게 정돈된 영사실과는 또 다른 공간이었습니다. 영사기에서 분리한 램프나 렌즈, 릴, 대형 극장에서 관람객들에게 특전으로 주는 피규어, 영화 잡지, 영화 업계 취업 안내서, 특수 분장을 한 좀비 두상…… 온통 영화로 점철되어 있었습니다.

"넓어서 좋네요."

뭐라도 칭찬해야겠다 싶어서 적당히 인사치레를 했습니다.

"집주인이 옆집에 사는데, 그쪽이 오히려 창고처럼 초라해. 전기세도 집주인이 내주고 있고. ……좀 이상하지?"

우도 씨가 평소처럼 냉소적인 말투로 설명했습니다.

창밖을 내다보니 확실히 같은 부지 안에 작은 건물이 있었습니다.

척 보기에도 건평이 세 평도 안 되어 보이는 단층 주택이었는데 이 집보다는 훨씬 새 건물이었습니다. 커튼이 쳐져 있고 프로판 가스통도 있는 것을 보니 사람이 살기는 하는 모양인데, 주인집이라기보다 아이들이 노는 비밀 기지 같습니다.

이 집 처마 끝에서 전선이 쭉 뻗어 있는 이유는 우도 씨가 사용하는 전기 요금을 집주인이 내주기 때문이라고 합니다. 참 친절한 집주인도 다 있죠, 특이한 케이스이긴 합니다.

"게르마 전기관도 그렇고 이 집도 그렇고, 이상한 장소와 인연이 있는 걸까⋯⋯."

그렇게 말하던 우도 씨가 제 얼굴을 한참 바라보더니 뭔가 생각났다는 듯 좀비 두상 옆에서 설탕과 우유를 가져왔습니다.

"너한테 물어보고 싶었는데 말이야."

"네."

"어째서 게르마 전기관 같은 데에서 아르바이트할 생각을 했어?"

당신이 있으니까. 그렇게 대답하고 싶은 마음을 꾹 삼키자, 안 봐도 알 수 있을 정도로 얼굴이 확 달아올랐습니다. 큰일났어요. 얼굴이 분명 빨간 순무처럼 변했을 거예요.

하지만 우도 씨는 제 얼굴은 보지도 않고 블랙커피를 그대로 마셨습니다.

"항상 시큼한 필름 냄새를 맡고 살아서 그런가, 커피의 산미가 싫어. 이것도 커피를 싫어한다는 뜻이 될까? 그 판단이 잘 안 돼서 가급적 쓴 원두를 사.”

“네······.”

“네 나이대 아이들은 게르마 전기관처럼 오래된 영화관은 낯설겠지. 요즘은 다들 복합 영화관에서 영화를 보니까.”

복합 영화관은 시네마 콤플렉스라는 대형 극장 시설을 말합니다. 거대한 스크린이 있는 상영관, 아담한 상영관 등 영화를 감상하는 공간도 다양하게 갖추고 있습니다.

“신작 개봉관이든 재개봉관이든 성인 극장이든, 소규모 영화관은 이제 멸종 위기종이나 다름없어. 비디오 대여점이나 복합 영화관이 생기면서 영화관이 차츰 사라지기 시작했다고들 흔히 말하지만, 시대가 바뀌면 영화를 보는 스타일도 달라져. 그런 게 잘못됐다고 생각하진 않아. 하지만 내가 있을 자리가 사라지는 건 역시 곤란하거든.”

“우도 씨는 작은 영화관을 좋아하나요?”

“좋아해.”

우도 씨는 그렇게 말하고 나서 “좋아한다기보다, 마음으로 거기가 내가 있을 자리라고 느끼는 거야”라고 덧붙였습니다. 하지만 지금까지 근무했던 영화관들이 잇달아 문을 닫는 바람에 매번 이직할 수밖에 없었다고요.

“취업 면접 때 지원 동기를 묻거든. 나는 항상 ‘구닥다리

영화관이 제가 있을 곳이니까요'라고 대답해. 무례하다는 건 알지만 그게 사실이니 그렇게 대답해. 거짓말하기는 싫으니까. 그러면 '영화관 일은 고될 겁니다' 그러거든. 좋아하는 일을 하느라 고생하는 건 사실 고생이 아니지.”

우도 씨가 두 눈을 빛내며 말했습니다.

일이란 돈을 버는 수단이라고만 생각했던 낭만 없는 저는 눈앞에 있는 우도 씨의 순수한 마음에 감동했습니다. 아니, 그보다 이렇게 중요한 이야기를 들을 수 있다는 영광에 전율했습니다.

“게르마 전기관도 슬슬 한계일까?”

“네? 우도 씨가 한계를 느낀다는 건가요?”

“아니, 지배인 말이야. 경영 부진으로 노이로제에 걸린 게 아닐까 싶어. 창고에 도둑이 든 이후로 범인을 찾겠다며 휴관 선언을 하질 않나. 아무도 없는 쪽에 대고 '마리코'라고 외치는 것만 봐도 완전히 위험한 사람 같잖아.”

“그건.”

게르마 전기관의 진짜 역할이나 이번 사건, 그리고 마리코 씨의 진실. 설명하고 싶어도 하지 못하고 쓴 커피만 벌컥벌컥 마셨습니다.

'이 세상에는 유령이 있어요, 우도 씨. 게르마 전기관은

특별한 장소랍니다.'

사실대로 털어놓으면 학교에서 그랬던 것처럼 우도 씨도 저를 이상하게 볼지 모릅니다. 어렵사리 이만큼이나마 친해졌는데, 다시는 이렇게 편하게 대해 주지 않을지도 모릅니다. 지배인이나 마리코 씨의 신뢰를 저버리면 안 되는 것처럼 그 역시 반드시 피해야 할 일입니다.

"우도 씨는 게르마 전기관이 없어져도……."

괜찮은가요, 라고 물어보려다 말을 삼켰습니다. 괜찮을 리 없으니까요.

하지만 우도 씨는 제가 삼킨 말을 온전히 이해했습니다.

"사라져 가는 걸 좋아하니까 어쩔 수 없지."

"저…… 저기. 혹시 제가 할 수 있는 일이 없을까요?"

"너는 학교로 돌아가는 게 나을 텐데."

"그런 게 아니라."

사라져 가는 것을 좋아하는 사람을 좋아하는 저는, 둘이 함께 머물 곳이 사라질 위기 상황에…….

이럴 때 아무것도 못 하다니, 그럴 순 없어요!

외고모할머니가 말씀하셨던, 극복해야 할 좌절이 바로 이것입니다!

"좋아요. 요컨대. 대안. 안달복달. 달리기…… 기, 콜록콜록······."

의욕이 앞선 나머지 그만 끝말잇기 발작을 일으켜서, 이상한 표정으로 쳐다보는 우도 씨를 보고 요란하게 헛기침을 했습니다.

상당히 얼빠져 보이겠지만 사랑하는 사람 앞에서 갈팡질팡하는 소녀의 사소한 기행으로 봐 주세요.

"우도 씨, '플러스 1번지 동네'를 아세요?"

"그게 뭐야?"

"창고 마을이라고도 하는데요. 시대가 변하면서 사라져 버린 건물들이나 철도, 가게의 유령이 있는 곳이에요. 거기에는 영화관도 아주 많아요."

"무슨 소릴 하는 거야?"

아차.

제가 또 이런 실수를. '플러스 1번지 동네'는 유령이 보인다는 말보다 훨씬 더 괴상한 소리잖아요. 우도 씨의 관심을 끌려다가 그만 화제를 잘못 골랐습니다.

"너는 공상가구나."

다행히 제 말을 어린아이 장난으로 여기는 것 같았습니다. 그랬는데 우도 씨가 이어서 상상도 못 한 말을 했습니다.

"너 같은 사람이 많으면 나 같은 녀석도 조금 더 살기 편할 텐데.”

“네?”

잘못 들었나 싶을 정도로, 듣기에 따라서는 고백으로 해석할 수도 있는 말이었습니다. 저는 심야 상영의 기적을 목격했을 때보다도, 게르마 전기관의 비밀을 알았을 때보다도 더 강한 충격에 놀라 죽는 줄 알았습니다.

아니, 저를 꼼짝도 못 하게 만든 감정의 정체는 행복감입니다.

수수하고, 평범하고, 첫사랑조차 알지 못했던 제가 말입니다. 설령 우도 씨가 아무 의미 없이 흘린 말이었다 해도 그 말은 저를 최고로 들뜨게 만들었습니다.

딩동.

하필 그때 방해가 끼어들었습니다. 제가 그 훼방꾼을 마음속 다트 과녁에 매달았다는 건 굳이 설명할 필요도 없겠지요.

딩동딩동딩동딩동.

훼방꾼이 현관 초인종을 연타했습니다.

우도 씨가 머리를 긁적이며 일어서자, 저는 살금살금 발소리를 죽이고 따라가서 귀를 기울였습니다. 여자 친구가 찾아오기라도 했다면…… 그런 생각에 전전긍긍했지만 훼방꾼, 아니 손님은 주택 리모델링 외판원 같았습니다.

"밖에서 보았는데 내진 보강을 하지 않고 그냥 두면 지진으로 집이 무너집니다. 토대가 썩어서 언제든 집이 무너질 수 있는 상태예요. 손님, 운이 좋으시네요. 마침 무료 검사 이벤트 기간입니다."

손님은 전에 악덕 외판원 실종 뉴스에 나왔던 대사를 물 흐르듯 술술 내뱉었습니다.

"여긴 셋집이니까, 집주인한테 말해요."

우도 씨는 차갑게 말하고 익숙한 태도로 외판원을 쫓아내 버렸습니다.

텔레비전 뉴스에서는 저런 사람은 보통 사람들보다 화술이 몇 배는 교묘하다던데, 단 한 마디로 쫓아 버린 우도 씨는 역시 대단한 인물입니다. 감탄스럽습니다.

"사기꾼이나 외판원들이 유독 많이 찾아온단 말이지."

제 기척을 눈치챈 우도 씨가 그렇게 설명했습니다.

"정말로 집이 무너지면 곤란하지만."

우도 씨를 따라 밖으로 나가 보니 현관문 옆, 기둥에 가려서 그늘진 부분에 작은 은색 스티커가 보였습니다. 가운데가 꼬인 원…… 뫼비우스의 띠에 학과 거북이 그림이 있습니다.

“앗! 호구 스티커!”

이것도 외판원 실종 뉴스에서 얻은 정보입니다.

악덕 업체에 속아 넘어간 집에는 현관에 몰래 스티커를 붙여 표시한다고 했어요. 여기에 호구가 있습니다, 하고 악당 동료들에게 소문을 내는 나쁜 스티커입니다.

놀랍게도 우도 씨 집에 붙어 있던 스티커는 뉴스에서 본 실종된 외판원이 다니던 회사의 로고와 디자인이 똑같았습니다.

“이건 텔레비전에도 나온 유명한 악덕 업체가 호구라고 표시해 두는 스티커예요. 그냥 내버려두면 큰일 나요.”

저는 그렇게 말하며 악덕 업체의 표식을 떼어 냈지만 쓰레기통이 없어서 일단 치마 주머니에 쑤셔 넣었습니다.

“우와. 마치 《알리바바와 40인의 도적》 같네.”

“어떤 이야기였죠?”

“음. 나도 가물가물하긴 한데. 알리바바가 도적들이 보물을 숨겨 둔 장소를 발견해서, 40인의 무법자들에게 목숨을 위협받는 거야.”

“상당히 위험한 상황이네요.”

도적들은 알리바바가 사는 곳도 알아내 집에 표식을 해 둡니다.

하지만 모르지아나라는 하녀가 그 악랄한 표식을 동네 집집마다 그려 놔서 도적들을 혼란에 빠뜨려 주인을 구합니다. 아름다울 뿐만 아니라 참으로 영리한 모르지아나…… 그런 줄거리라고 합니다.

"모르지아나는 알리바바하고 결혼해서 오래오래 행복하게 살았어요?"

"아니, 모르지아나는 알리바바의 아들하고 결혼해."

"뭐야. 알리바바가 아저씨였나요?"

"그렇지만 생각해 보면 다른 집에 표식을 그리러 다니는 것보다 너처럼 알리바바의 집에 그려진 표식을 지워 버리는 게 더 간단하지 않았을까?"

"아하하."

이것은 은연중에 미녀 모르지아나보다 구스모토 스미레가 훨씬 총명하다고 칭찬하는 걸까요? 저는 다시 하늘로 날아오를 만큼 들떴고, "커피 한 잔 더 마셔야겠다"라고 하는 우도 씨도 평소와는 비교도 안 될 정도로 기분이 좋아 보였습니다.

"커피는 제가 탈게요."

주방으로 돌아가 원두 봉지를 집어 드는데, 바닥에서 독특한 무늬를 발견했습니다. 마룻바닥에 지름 1미터쯤 되는 크기로 색이 다른 판자가 깔려 있었습니다.

'예쁘다. 마루 밑 수납장일까? 꽤 공들인 디자인이네.'

옆집의 작디작은 집에 사는 집주인은 분명 괴짜일 거예요. 저렇게 비좁은 집에 사는 것보다 이 셋집이 훨씬 쾌적할 텐데.

그렇게 생각하며 시선을 들자 커피 메이커가 놓인 철제 선반 안쪽에 클립으로 대충 매달아 놓은 달력 뒤에서 뜻밖의 물건을 발견하고 말았습니다.

미소를 지으며 살짝 벌린 입 사이로 앙다문 앞니를 드러내고 있는 인형…… '미카'였습니다.

'어째서……?'

현관 앞 호구 스티커를 보고 가는네 아버지가 이 집에 방문 판매라도 하러 왔던 걸까요?

아니면?

아니면…… 그 뒤에 올 내용을 떠올려야만 합니다.

이유는 모르겠지만 그런 생각이 강하게 들었습니다.

그런데 끝말잇기에서 막혔을 때처럼 딱 맞는 단어가 떠오르지 않습니다.

아니면…… 아니면…….

"음음!"

갑자기 사고가 멈췄습니다.

'미카 인형'처럼 앞니를 꽉 깨물고 창밖으로 시선을 던지고 있었는데 정원수 사이에 숨어 있는 수상한 사람이 보였기 때문입니다.

어째서 다들 제 행복한 시간을 방해하는 걸까요!

수상한 사람은 자꾸 이 집 내부를 기웃거렸습니다.

혹시 아까 왔던 악덕 리모델링 업자가 이번에는 주인집에 찾아가려고 저러는 걸까요?

아니면 리모델링 계약을 따내려고 수리가 필요한 부분을 찾고 있는 걸까요?

그것도 아니면?

정원수 사이로 튀어나온 실루엣은 왜소하고 마른 체구에 붉은 연미복을 입은 아저씨였습니다.

"우도 씨, 엄청 기묘한 옷차림을 한 수상한 사람이 있어요!"

저는 창밖에 있는 사람을 가리키며 요란을 떨었습니다. 실은 무섭다기보다 그 사람의 옷차림이 너무 우스꽝스러워서 어린아이처럼 떠들어 댔습니다.

제 목소리를 듣고 우도 씨도 창가로 달려왔지만 어리둥절한 표정으로 눈썹만 찌푸릴 뿐이었습니다.

“어디에 누가 있다는 거야?”

“봐요, 저기요.”

조금 냉랭한 반문에 저는 필사적으로 붉은 연미복 차림의 남자를 가리켰지만 우도 씨는 고개를 갸웃거렸습니다.

안 보여요?

그렇게 물으려는데 붉은 연미복 남자가 호들갑을 떠는 저를 봤는지 달아나 버렸습니다.

“이봐요, 거기 서요!”

저도 모르게 창문을 벌컥 열고 외쳤지만 제 목소리만 공허하게 메아리쳤습니다.

“아.”

창틀에 매달려 있던 제 가슴속에 어두운 빛이 스쳤습니다.

우도 씨는 보지 못했습니다.

유령을 보는 제게는, 보였습니다.

그 말은 곧, 유령이란 뜻이겠지요.

우도 씨 집에서 역까지 걸어갔습니다.

조금 먼 거리였지만 우도 씨 집에 ‘미카 인형’이 있었다는 사실에 대해 차분히 생각해 보고 싶었습니다.

하지만 5월의 해 질 녘이라는 게 문제였습니다.

아치에 얽혀 있는 오렌지색 덩굴장미, 독특한 꽃잎을 가진 시계꽃, 고전적인 자태의 수국. 집집마다 아름다운 정원이 있어 생각에 집중할 수가 없습니다.

"꽃을 좋아하면 이걸 줄게요."

넋을 잃고 바라보고 있으려니 정원을 가꾸던 여성이 로즈메리 묘목을 주었습니다.

"튼튼하니까 키우기 쉬워요. 물만 너무 많이 주지 말아요."

"고맙습니다. 잘 키울게요."

그런 일이 몇 차례. 달리아 알뿌리에 나팔꽃 모종까지 받아서 화원에 다녀왔나 착각할 정도였어요. 그래서 그만 이 꽃들을 어디에 심을까 하는 생각으로 머릿속이 가득 차 버렸습니다.

"그렇게 되어서 지배인님께도 꽃을 나눠 드리려고 하는데요."

'일부러 신경 써 줘서 고맙네.'

게르마 전기관에 연락하자 아까까지 심각해 보였던 지배인의 목소리도 조금은 풀려 있었습니다. 하지만 몹시 지친 기색도 묻어났습니다.

'……하지만 난 지금 또 나가 봐야 해. 우리 집에는 심을 곳도 없으니 스미레 양 집에 심는 게 좋겠어. 오늘은 그대로 퇴근해도 돼.'

"와아, 고맙습니다."

'직퇴'라는 말에 어엿한 사회인이 된 것 같아 또 조금 들떴습니다. "뒤에 뒤에" 하고 무의식중에 콧노래를 흥얼거리며 걸어가는데 지나가는 버스 안에 부자연스러울 정도로 크고 붉은 무언가가 보였습니다.

"아."

붉은 연미복을 입은 남자.

우도 씨네 정원에 있던 수상한 사람입니다.

그를 알아본 것도 잠시, 제가 신호에 걸려 있는 사이 버스는 순식간에 지나가 버렸습니다.

7
전원 집합

어젯밤, 아버지는 늘 그렇듯 집에 돌아오지 않았고 어머니는 여느 때보다 예민한 상태였습니다.

평소라면 제가 정원을 가꾸고 있을 때 옆에 와서 비료를 주네, 물을 주네 하며 야단법석을 떨었을 텐데, 아무리 기다려도 올 기미가 없습니다. 저녁 메뉴도 못 정했는지 식탁 의자에 걸터앉아 심각한 얼굴로 한곳을 응시하고 있습니다.

'저러고 있는 어머니는 조금 무서워.'

저는 최대한 정원에서 오래 버티다가 냅다 저녁 식사와 목욕을 마치고 제 방으로 들어왔습니다. 일단 우도 씨 집에 있던 '미카 인형' 문제를 풀어야 해요.

아버지가 사 주신 제 '미카 인형'은 얌전히 컴퓨터 뒤에서 '씩' 웃고 있습니다.

'응?'

'미카 인형' 위치가 조금 바뀐 것 같은데…… 기분 탓일까요?

"넌 어째서 우도 씨 집에도 있었던 거야?"

'미카 인형'을 집어 들고 물어봤지만 '씩' 미소만 지을 뿐.

"얄미운 표정이네. 애교가 없어."

저는 작게 중얼거리고 커다란 하품을 했습니다.

'이불 속에서 생각하자.'

원래 이럴 때일수록 잠이 잘 오는 법입니다. 베개에 머리를 붙이자마자 아침까지 꿀잠을 자고 말았습니다.

아침에도 어머니는 계속 예민한 상태였습니다.

거실에 감도는 긴장감을 의식하며 아침을 먹고 있자니 어머니가 제게 물었습니다.

"맛있어?"

"네?"

어머니가 이런 질문을 하다니, 제가 아기였을 때 이후로 처음입니다.

지난 세월의 무반응을 한꺼번에 만회할 요량으로 몇 번이나 고개를 끄덕이며 "맛있어요"라고 대답했습니다.

"구체적으로 어떻게 맛있어?"

"네?"

평소 하지 않는 질문을 두 번이나 하다니, 어머니의 심기가 최악이라는 사실을 깨달았습니다.

밥은 딱 알맞게 찰지고, 멸치볶음은 단맛과 짠맛의 밸런스가 훌륭하고 어쩌고저쩌고…… 텔레비전 먹방 코멘트 같은 칭찬을 우물우물 늘어놓자, 어머니는 약간 허탈한 목소리로 "그래. 고마워"라고 했습니다.

"저기, 스미레. 너는 엄마랑 아빠 중 누가 더 좋니?"

"네?"

이번 건 익숙한 추억의 질문이었습니다. 아기 때부터 주위에 친척들이 많아서, 어른들은 인사 대신 자주 비슷한 질문을 하곤 했습니다.

'스미레는 누가 더 좋아? 나나에 이모? 외고모할머니?'

한쪽을 고른다는 건 다른 한쪽을 버린다는 뜻. 어렸지만 넘쳐나는 사랑의 틈바구니에 끼어 고민을 거듭한 끝에 울음으로 얼버무리곤 했습니다.

"왜 그래요, 어머니?"

역시 16년이나 살다 보면 조금은 똑똑해지는 법입니다. 저는 예전처럼 울음을 터뜨리지 않고 현명하게 반응했습니다.

"중요한 문제니까, 확실하게 대답해."

하지만 어머니는 외고모할머니와 같은 핏줄이라는 게 느껴지는 엄격한 태도로 다그쳤습니다.

'그렇게 물어도.'

예전의 난처했던 기억이 되살아나 저도 모르게 눈물이 글썽글썽 맺혔습니다.

"아아, 스미레."

어머니는 헤아릴 수 없이 무거운 감정으로 제 이름을 불렀습니다.

"네, 어머니."

"오늘은 도시락 없어."

"그건……."

"그건?"

"어, 뭐랄까…… 드문 일이네."

"그러니까 같이 점심 먹지 않을래? 점심시간에 맞춰서 게르마 전기관으로 갈게."

"아, 네."

저는 눈을 데굴데굴 굴리면서도 고개를 끄덕였습니다.

"그때 이것저것 이야기 좀 하자."

어머니한테 대체 무슨 일이 있었던 걸까요? 무슨 이야기를 하겠다는 걸까요?

당혹스러운 기분을 부채질하듯 주머니 속에서 휴대전화가 진동했습니다.

수신: 구스모토

제목: 나야, 히라이 b(^o^)d 안녕!

또 만나러 갈게. 기다려. 오늘은 도망 못 가. (·ε·)

히라이에게 메시지를 받기는 처음이었습니다. 발랄한 문장 속에서 '오늘은 도망 못 가'라는 부분이 불안을 조금 자극합니다.

"자, 스미레. 지각하겠어."

곤혹스러워할 새도 없이 어머니가 제 등을 떠밀었습니다.

저는 교과서도 도시락도 없는 가벼운 백팩을 메고 집을 나섰습니다.

게르마 전기관에 출근하니 지배인이 완전히 녹초가 된 얼굴로 큼직한 찻잔을 들고 엽차를 마시고 있었습니다. 어제 제가 전화한 이후로도 밤새도록 '돌아온 사람'을 찾아다녔다고 합니다.

마리코 씨가 뒤에 서서 어깨를 주물러 주고 있지만 마리코 씨의 차가운 손으로 주무르면 오히려 근육이 더 뭉쳐 버릴지도 모릅니다.

"그래서 '돌아온 사람'의 행방은 어떻게 되었나요?"

"등잔 밑이 어두웠던 거지, 스미레 양."

지배인은 명탐정처럼 말하더니 오래된 라디오 카세트의 재생 버튼을 눌렀습니다. 테이프 잡음 사이로 모노럴 스피커에서 귀에 익은 〈역 뒤쪽 상점가 타령〉이 흘러나왔습니다.

"범인은 이 남자였어."

"네?"

제가 말귀를 못 알아듣자 마리코 씨가 사무용 책상 위에서 파일 한 권을 들고 왔습니다.

책등에는 붓글씨로 '심야 상영 관람자 명단'이라고 적혀 있었습니다. 2관에서 저승으로 건너간 사람들의 정보를 기록한 문서 같았습니다.

안을 넘겨 보니 이력서와 흡사한 양식의 서류들이 꽂혀 있었습니다. 그중 한 장에 진한 분홍색 포스트잇이 붙어 있었는데, 지배인이 마술사처럼 화려한 몸짓으로 페이지를 펼쳤습니다.

"보게."

"어라?"

왼쪽 상단에 붙어 있는 증명사진은 우도 씨네 마당에 숨어 있던 붉은 연미복 차림의 남자였습니다. 바로 옆 이름을 적는 곳에는 '야마다 가세이'라고 적혀 있었습니다.

"어라라?"

"왜 그래? 스미레⋯⋯."

마리코 씨가 커피를 타 주었습니다. 우유와 설탕이 듬뿍 들어가서 맛있습니다.

"이 사람은?"

"저세상에서 '돌아온 사람'은 〈역 뒤편 상점가 타령〉을 부른 가수였어. 야마다 여관 아들 말이야."

지배인은 엽차를 마시며 심각한 어조로 말했습니다.

"향년 41세. 직업은 길거리 점술가, 대중 연극배우 지망생, 시립 마술협회 회원, 강령술사, 여관 종업원⋯⋯."

"이 사람, 히라이네 할머니의 영혼을 불러낸 기도사예요."

가세이 씨 프로필을 읽어 내려가는 지배인의 말을 끊고 증명사진을 가리켰습니다.

"히라이가 누군데?"

이구동성으로 묻는 지배인과 마리코 씨를 멀뚱히 쳐다보며 "같은 반 학생이에요"라고 대답했습니다.

"흠. 스미레 양을 괴롭히는 아이인가?"

지배인이 혼자 결론을 내렸지만 아니라고 말할 수도 없어서 조금 난처했어요. 동시에 오늘 아침에 받은 메시지가 생각나서 마음이 무거워졌습니다.

'또 오겠다고 했는데. 용건은 보나마나 할머니 얘기겠지.'

유령을 보는 능력과 영능력은 별개의 문제라는 걸 히라이는 왜 이해 못 하는 걸까요? 아니, 이런 한탄을 하고 있을 때가 아니라 지배인에게 보고해야 할 문제가 있습니다.

"저기…… 저기. 어제 우도 씨 집에서 이 사람을 봤어요. 빨간 연미복을 입고 정원에 숨어 있었어요. 아주 눈에 띄더라고요."

"흠……."

팔짱을 끼고 생각에 잠긴 지배인 옆에서 저와 마리코 씨도 고개를 기울였습니다.

때마침 주머니 속 휴대전화가 또 진동했습니다.

'히라이일까?'

마지못해 메시지를 확인하자 뜻밖에도 어머니가 보낸 것이었습니다.

수신: 스미레

제목: 마마란다♡

일정 변경! 지금 갈 테니 기다려♡ 파파도 같이 갈지도 몰라♡ 도망치지 마♡

'어라.'

갑자기 '마마', '파파'라고 하는 이유는 메시지를 보낼 때 어머니 버릇인데 '어머니', '아버지'보다 입력 글자 수가 적기 때문입니다. 끝에 하트를 붙이는 것도 특징 중 하나입니다.

'그나저나 기다려라, 도망치지 말라니……'

오늘 아침 히라이에게 받은 메시지와 똑같은 내용이라는 것을 깨닫고 저도 모르게 긴 한숨이 나왔습니다.

그렇게 제가 풀이 죽어 있는 사이에도 지배인은 주택가 지도를 펼치고 추적 계획을 다시 짜고 있었습니다.

마리코 씨는 지배인이 가리킨 곳에 빨간 펜으로 표시를

했고, 정신을 가다듬은 저는 두 사람에게 기본적인 질문을 했습니다.

"저…… 돌아가신 분이 돌아오면 안 되는 이유가 뭐예요?"

"뭐?"

지배인과 마리코 씨가 한심하다는 표정으로 저를 빤히 쳐다봅니다. 제가 눈치도 없이 지금 엄청난 실언을 했나 봅니다.

"저기, 죄송해요. 나중에 직접 조사해 볼게요……."

제가 허둥거리자 지배인이 "영차"라고 기합을 넣으며 카세트의 〈역 뒤편 상점가 타령〉을 껐습니다.

"도둑질을 하면 왜 안 돼? 살인을 하면 왜 안 돼? 지구는 왜 돌아야 해? 그런 단순한 질문에 대답하는 게 의외로 어렵단 말이지. 그래서 이렇게 대답하는 수밖에 없어. '안 되는 건 안 되는 거야!' 부모님이나 학교 선생님께 배우지 않았나?"

"나쁜 짓을 하면 안 된다는 것과, 지구가 돌고 있다는 건 배웠어요."

"죽은 사람이 이 세상으로 돌아오는 것도 나쁜 짓이라고 할 수 있어. 죽은 사람이 이 세상에 머물면 어떤 영적 장애가 일어날지 몰라. 악령으로 변할 가능성도 있고……."

단호한 어조로 그렇게 말하던 지배인이 흠칫 놀라 고개를 들어 마리코 씨를 보았습니다.

도중에 끊긴 지배인의 말을 마리코 씨가 대신 이어받았습니다.

"케이크도 빨리 먹든지, 냉장고에 넣지 않으면 상해 버리니까……. 생선회도 마찬가지고. 우유도 그래. 나도 그렇겠지……."

"아니, 우유는 요구르트가 되면 영양가도 높아지고 복통도 일으키지 않아."

지배인이 당황해서 말을 덧붙이자 마리코 씨가 쓸쓸한 표정을 지었습니다.

"그리고 기도사가 조상님의 영을 불렀을 때도 원래 있던 곳으로 제대로 돌려보내야만 해. 그러지 않으면……."

"그러지 않으면?"

히라이네 할머니 생각이 나서 바짝 다가앉았습니다.

"찾아온 영혼이 제대로 돌아가도록 인도해 주지 않으면 이 세상을 떠도는 유령이 되고 말아. 이번 범인인 야마다 가세이도 바로 그런 유령과 같은 상태인 거지."

지배인은 '심야 상영 관람자 명단'을 손가락으로 톡톡 두드렸습니다. 그런 사정이 있는 이상 '돌아온 사람'이 있다는 사실은 게르마 전기관 입장에서도 불미스러운 문제입니다.

"조금 민폐네요."

"그렇고말고."

지배인이 동그란 눈을 반달 모양으로 뜨고 엽차를 홀짝였습니다.

"멋대로 돌아온 것도 문제인데 영적 장애를 일으키거나 원령이라도 되면 큰일이야. 게르마 전기관의 책임 문제로 끝나지 않아."

"그래요?"

"당사자의 의지로 죽은 자가 자유롭게 돌아오게 되면 생사의 구분이 엉망진창이 되니까. 장례식장도 곤란하고, 종교 시설도 곤란하고, 시청도 곤란하고, 법무부도 곤란하고, 유산을 상속한 유족도 곤란해지고. 어쨌든 여러모로 곤란해."

"게다가 원령이란 건 정말 성가시거든……."

마리코 씨가 원령 시절에 고생한 이야기를 늘어놓기 시작했을 때였습니다.

정말 예측 못 한 일이었습니다만 마치 만국기 같은 옷을 입은 사람이 닫혀 있어야 할 정문으로 뛰어 들어온 것입니다.

"스미레 양, 휴관일인데 문을 잠그지 않았나 보군."

"아. 그만 깜빡……."

이런 대화를 나누는 사이에도 오색찬란한 옷을 입은 인물이 사무실로 돌진했습니다.

말이 돌진이지, 상당히 위태로운 걸음으로 지팡이를 짚고 다가오는 영감님이었지만요. 요란한 의상 때문에 기선을 제압당하긴 했지만 자세히 보니 '플러스 1번지' 동네에서 은막점을 운영하는 영감님이었습니다.

"긴 씨……."

마리코 씨가 술집에서 일했을 때 결혼을 약속했던 손님입니다.

"긴 씨도 참, 대체 옷차림이 그게 뭐예요……."

실제로 은막점 사장님의 분장은 경탄스러울 정도였습니다.

선명한 노란색과 짙은 녹색 천을 교차로 덧대서 만든 헐렁한 퍼프소매 셔츠 위에 강철 갑옷과 쇠사슬 조끼. 밑에는 빨간색, 흰색, 파란색, 노란색 줄무늬 타이츠를 신고…….

긴 깃털 장식이 달린 가죽 모자가 매끈한 민머리를 감싸고 있었습니다.

소맷동이나 무릎 같은 관절 쪽에는 빨간 리본이 감겨 있고, 발에는 캐주얼 로퍼 같은 신발을 신고 있었습니다.

"이 옷차림이 어때서? 이건 16세기 독일 병사의 정규 복장이야."

"어머나, 독일 병사……?"

과연 그렇군요. 지팡이인 줄 알았던 건 사실 화승총이었고, 가죽 펜던트에는 작은 카우벨처럼 생긴 화약통과 탄환 주머니가 달려 있습니다.

옷 무게가 어마어마한지 은막점 사장님이 비틀거렸습니다.

"그나저나 당신은 왜 16세기 독일 병사의 차림을 하고 있는 건가?"

지배인이 묻기가 무섭게 은막점 사장님이 화승총 총구를 지배인의 얼굴에 들이댔습니다. 흥분했는지 코를 벌름거리는 탓에 세 번째 콧구멍으로 보이는 커다란 점이 파르르 떨렸습니다.

"지배인, 결투다!"

"뭐라고?"

"결투라고! 이겨서 살아남은 쪽이 마리코를 차지하는 거다!"

은막점 사장님이 큰소리로 선언하더니 화승총 새끼줄에 라이터로 불을 붙였습니다.

"위험해…… 위험해!"

도화선이 지글지글 타들어 가는 광경을 저희는 꼼짝도 못 하고 지켜보았습니다. 너무 놀란 나머지 몸이 굳어 버린 것입니다. 심지어 유령인 마리코 씨마저 얼어붙어 버렸습니다.

"도망쳐…… 도망쳐야 해요…… 도망쳐요, 여러분."

말은 그렇게 하면서도 저도 옴짝달싹 못 하기는 마찬가지였습니다.

탕!

끝까지 타 버린 도화선이 총신에서 탄환을 발사시켜 〈역뒤편 상점가 타령〉 카세트테이프가 들어 있던 라디오 카세트를 날려 버리고 말았습니다. 이거 총포 화약법 위반 아닌가요?

"폭력은 안 돼요! 손님은 로비 의자에서 기다려 주세요!"

머리에 피가 거꾸로 솟구친 저는 고함을 질러 댔습니다.

지배인이 그런 저를 감싸듯 팔을 뻗으며 벌떡 일어났습니다.

"좋다. 승부를 받아 주마."

지배인은 낮은 목소리로 유유히 말했습니다.

살바도르 달리 같은 더블유 콧수염과 어우러져 제법 멋
진 태도였지만…….

대체 왜 결투를 받아들이는 거예요!

카세트 라디오는 물론이고 테이블도 부서지고 바닥에
총알이 박혀 버렸잖아요!

죽은 사람이 스크린 너머에서 돌아오는 것이 나쁜 짓이
라면, 영화관 사무실에서 화승총을 쏘는 것도 나쁜 짓 아닌
가요?

그런 저의 독백은 실제로는 비명으로 바뀌어 입 밖으로
도 나가고 있었습니다.

"스미레, 진정해……."

마리코 씨까지 그런 말을 하며 저를 말렸습니다. 말려야
할 상대는 은막점 사장님인데.

지배인은 허리를 꼿꼿하게 펴고 사무용 책상으로 다가
가더니 맨 위 서랍에서 투각 세공을 한 가느다란 은나팔을
꺼냈습니다.

"1690년대 미켈렛 록(*Miquelet Lock, 스페인의 부싯돌식
화승총) 나팔총인가? 자네도 제법이군."

은막점 사장님이 주름에 파묻힌 눈을 번뜩이며 그런 말
을 했습니다. 말마따나 은막점 사장님의 화승총에 비하면

자그마했지만 그것은 피스톨이라 부르는 무기였습니다.

아아, 이 사람들 정체가 대체 뭘까요?

'돌아온 사람'의 수색 회의가 별안간 서양 영화의 결투 장면으로 변했습니다. 제가 질러 대는 비명에도 아무도 귀 기울여 주지 않습니다.

마리코 씨를 둘러싼 남자들은 결투 규칙을 확인하더니 "멀리서도 내 전설을 들으리!", "승부의 시간이로다!"라며 고풍스러운 선언을 주고받았습니다.

바로 그때, 이번에도 열려 있던 정문으로 들어온 인물이 두 사람의 위험한 응수를 끊어 버렸습니다.

어머니였습니다.

곧 가겠다는 연락은 받았지만 이런 타이밍에 오다니. 아니, 솔직히 방금 전 발포 소동으로 어머니의 방문을 깜빡 잊고 있었습니다.

"스미레!"

어머니는 주저 없이 로비를 가로질러 사무실로 달려왔습니다. 예전에 이곳에서 상영 실수 문제로 싸운 적이 있다고 했으니 게르마 전기관의 구조도 알고 있겠지요.

"점심시간보다 일찍 와서 미안하구나."

어머니는 어쩐지 박력 넘치는 미소를 지었습니다.

‘아아, 어쩌지?’

지금까지 부리던 히스테리가 순식간에 당혹감으로 바뀌었습니다. 근거는 없지만 화승총 발포 소동보다 더 무서운 일이 벌어질 듯한 예감이 들었습니다.

“부족한 저희 스미레 때문에 고생이…… 어머?”

바야흐로 결투, 즉 총격전을 앞두고 있다는 사실은 꿈에도 모르는 어머니가 달리 수염 난 지배인을 보고 다시 깊숙이 고개를 숙였습니다.

“어머나, 게르마 전기관의 지배인님 맞으시죠? 저희 스미레가 아직 어려서 손이 많이 가겠지만, 본인이 꼭 여기서 일하고 싶다며 고집을 피워서 말이에요. 저희 고모님도 여자 혼자 구스모토 관광 그룹의 회장을 맡고 계신 분인데……. 그런 고모님도 게르마 전기관이라면 안심하고 스미레를 맡길 수 있다고 말씀하셔서…….”

“여보!”

아버지?

어머니의 유창한 인사를 뒤따라온 아버지의 가냘프고 높은 목소리가 지워 버렸습니다.

“여보, 히로미, 제발 다시 생각해 봐. 한 번만 더 기회를 줘.”

헝클어진 앞머리가 덥수룩하게 늘어진 아버지가 숨을 헐떡거리며 입구에 서 있었습니다. 넥타이는 엉켜 있고 안경은 삐딱하게 흘러내린 몰골이, 어떤 의미로는 은막점 사장님과 막상막하였습니다.

"당신……."

어머니가 천천히 뒤를 돌아보았습니다.

"딸에게도 망신을 줄 작정이야?"

펑!

어머니 안에서 뭔가가 폭발하는 소리가 들렸습니다. 인내심의 한계가 터진 거겠지요.

"이야기 좀 하자, 히로미. 당신이 오해하는 거야."

"오해라고? 내가 틀렸다, 그 말이지?"

아버지는 세심하게도 유리로 된 정문을 도어 스토퍼로 고정한 다음 사무실 쪽으로 달려왔습니다. 그대로 사무실 문 근처에서 털썩 웅크리더니 두 손을 땅에 짚고 넙죽 엎드렸습니다.

"내 말이 거슬렸다면 사과할게. 잘못했어."

"와."

정말 무릎 꿇고 머리를 조아리다니, 말로만 들었지 처음 보는 광경입니다.

은막점 사장님과 지배인도 방금 전까지 불태우던 투지도 잊고 무릎 꿇은 아버지를 내려다보았습니다.

"그만해, 꼴사나워! 여기는 딸이 일하는 곳이야, 당신!"

어머니가 말렸지만 아버지는 바위처럼 웅크린 채 꼼짝도 하지 않았습니다.

"스미레. 우리는 이혼할 거야. 넌 엄마랑 살 거지? 이런 아빠는 집에서도 회사에서도 쫓아내 버릴 거야."

어머니가 결연히 고개를 들었습니다.

"당신, 시치미 떼도 소용없어. 이게 증거야!"

어머니가 팔을 홱 치켜들었습니다. 그 손에는 제가 가논에게 받은, 아버지와 미사키 씨의 사진이 있었습니다.

'아아, 큰일 났다!'

행복한 얼굴로 젊고 아름다운 미사키 씨에게 뺨을 맞대고 있는 아버지의 사진.

사진 프레임에는 우산 그림 밑에 아버지 글씨로 '요시오'와 '미사키'라는 이름이 적혀 있습니다.

'운명적 만남'이라는 글까지.

아버지, 끝장났네요.

하지만 진짜 끝장은 뒤이어 나타난 손님 때문에 났습니다.

정문으로 들어온 세 번째 손님은, 어떤 상황에서도 게르마 전기관에 사랑하는 딸을 맡기고 아르바이트를 하러 가는 가자마 미사키 씨였습니다.

"스미레, 어제는 우리 집에 와 줘서 고마워. 가논도 스미레가 놀아 줘서 어찌나 신이 났던지……."

미사키 씨가 낮 직장에 가는 성실한 차림으로 제게 말을 걸었습니다.

'망했다!'

정말 망했습니다. 딸인 저까지 아버지의 불륜 상대 집에 갔었다는 걸 알면 어머니가 얼마나 충격을 받을지 짐작도 할 수 없습니다.

재빨리 사정을 파악한 가논이 저희 어머니 얼굴을 보고 미사키 씨의 소매를 끌어당겼지만, 이 자리에 긴장감만 더했습니다.

"애, 가논. 그렇게 잡아당기지 마."

미사키 씨는 다정하게 타이르더니 다시 저희 쪽을 보았습니다.

"어머? 요시오 씨도 있네? 어머? 요시오 씨도 참, 무릎까지 꿇고 무슨 일이야? 어머? 오늘은 어쩐 일로 극장에 손님이 많네?"

미사키 씨, 더 이상 아무 말도 하지 말아요.

아아, 외도의 신이시여, 부디 도와주세요.

아니, 외도의 신이 도와주면 더 복잡해질 것 같네요.

"여어—보오—!"

어머니는 성난 사자처럼 콧등을 잔뜩 찡그리더니 정말 사자처럼 포효했습니다. 손에 든 사진을 한 번 보고, 미사키 씨를 한 번 보고, 아버지를 돌아보며.

"당신이란 인간, 당신이란 인간은!"

아버지에게 달려들어 넥타이를 붙잡더니 힘껏 죄어 버렸습니다. 모두 우르르 달려가서 부모님을 떼어 놓으려 했지만 어머니의 팔꿈치에 얻어맞고 팅겨 나갔고, 미사키 씨는 날카로운 비명을 질렀습니다.

화승총이 폭발했을 때 느꼈던 공포는 이미 온데간데없었습니다.

'어라?'

주위를 둘러보았는데 마리코 씨가 보이지 않아요.

이 광란에 겁을 먹고 혼자서 피신한 걸까요?

'마리코 씨, 치사해.'

겁에 질린 가논을 품에 안고 입술을 삐죽거리고 있는데, 저의 '충격! 등장인물 기록'에 종지부를 찍을 사람이 소리도 없이 등 뒤에 나타났습니다.

바로 히라이 레이나였습니다.

"약속대로 왔어, 구스모토."

히라이는 몹시 지친 기색이었습니다. 저희 부모님이 벌이고 있는 아수라장은 눈에 들어오지도 않는다는 듯 표정에 아무 변화도 없습니다. 동그랗고 커다란 눈은 밝은 야외에 있다가 와서 그런지, 눈동자가 크게 열려서 새까만 구슬 같았습니다.

"오늘은 반드시 날 도와줘야겠어, 구스모토."

히라이는 원망과 비난을 섞어 그렇게 말했습니다. 저희 어머니가 그랬던 것처럼 손에 사진 한 장을 번쩍 들고 있었습니다.

"이것 봐, 할머니가 계시다고!"

치켜든 팔을 제 눈앞으로 붕 휘둘렀습니다.

얼굴에 맞을까 봐 저도 모르게 몸을 뒤로 젖히고 말았습니다.

"보란 말이야!"

히라이가 제 눈앞에 들이민 사진에는 학교 교복을 입은 히라이와 백발 쪽머리를 한 히라이 후에코 씨가 찍혀 있었습니다. 조금 추워 보이는 미소와 전체적으로 푸르스름한 색감으로 봐서 입학식 아침에 찍은 스냅 사진 같았습니다.

"이건."

평범한 사진이 아니었습니다. 보자마자 소위 말하는 심령사진이라는 걸 알 수 있었습니다. 당연하죠, 히라이가 입학했을 때 후에코 씨는 이미 돌아가셨으니까요.

아니, 무엇보다도 후에코 씨의 모습이 확실한 증거였습니다.

추위에 볼을 붉히며 미소 짓고 있는 히라이 옆에서 후에코 씨가 무시무시한 형상으로 식칼을 치켜들고 있었거든요.

"이 사진, 원래는 내 독사진이었어!"

히라이가 소리치자 긴장이 폭발했는지 가논이 울음을 터뜨렸습니다.

동시에 어머니가 떠민 지배인이 비틀거리다가 히라이의 등으로 쓰러졌습니다.

"꺄악!"

누군가 비명을 지르는 가운데 저는 가논을 데리고 살금살금 사람들 뒤로 이동했습니다. 그대로 시커먼 입을 벌리고 있는 계단으로 발소리를 죽여 달려갔습니다.

그 짧은 사이에 울음을 그치고 제 의도를 알아차린 가논도 달렸습니다.

계단을 질주한 저희는 시큼한 필름 냄새가 감도는 영사

실로 뛰어들었습니다.

"빨리, 빨리!"

사무실에서 벌어지는 요란법석을 차단해 주는 문을 살며시, 그렇지만 재빠르게 닫았습니다.

저는 부들부들 떨면서 무거운 철제 선반을 옮겨 문 앞을 막았습니다. 그것만으로는 마음이 놓이지 않아 캐비닛과 의자를 쌓아 올리고 대걸레로 빗장을 질러 제법 튼튼한 방어벽을 구축했습니다.

"무서웠지?"

가논이 손가방에서 민트 사탕을 꺼내 제 손에 올려 주었습니다.

"무섭다, 그치?"

둘이 나란히 어깨를 들썩이며 숨을 몰아쉬고 있자니 그제야 살았다는 생각이 들었습니다.

"다들 왜 저러는 걸까?"

입안에서 사탕을 굴리며 가논이 말했습니다.

"응, 응."

고개를 끄덕이던 저는 어스름 속에서 바스락거리는 푸석한 소리를 듣고 깜짝 놀라서 사탕을 꿀꺽 삼켜 버리고 말았습니다.

영사실 구석에서 꿈지럭대고 있었던 건 바로 마리코 씨였습니다.

그 얼굴을 보고 제가 얼마나 안도했는지 모르실 거예요.

"마리코 씨. 아래는 아수라장이에요. 혼자만 달아나다니 너무해요."

"스미레, 잠깐, 잠깐만……."

마리코 씨는 제 투정은 듣지도 않고 흥분한 기색으로 가녀린 손바닥을 휘저었습니다. 바닥에 꿇고 있는 무릎 앞에 종이 케이스에 든 《영화 100년 문화사》라는 두꺼운 책이 놓여 있었습니다.

"이것 좀 봐……."

1천 페이지나 되는 무거운 책을 마리코 씨가 의기양양하게 펼쳤습니다.

그 반동으로 페이지가 부자연스럽게 뒤틀렸는데, 알고 보니 페이지 가운데가 크게 파여 있었습니다.

"세상에."

뻥 뚫린 공간에는 돌돌 말린 짧은 영화 필름이 담겨 있었습니다.

“이건?”

지문이 묻지 않도록 필름을 조심스레 들어서 천장 조명에 비추어 보았습니다.

빈 필름이었습니다.

적어도 제 눈에는 찍혀 있는 영상이 보이지 않았습니다.

“대발견이지……?”

“네.”

저는 필름을 훑어보면서 기억을 더듬었습니다.

어제 여기서 본 필름판 《주마등》은 중간에 잘린 것처럼 부자연스러웠습니다.

‘그렇다면…… 이게 그 잘린 부분?’

오호라.

비밀 영화의 비밀 파트를 몰래 숨겨 두기에는 훌륭한 방법입니다. 《영화 100년 문화사》는 영사실 풍경과 잘 어우러지면서도 아무나 쉽게 펼쳐 볼 책이 아니니까요.

“스미레, 필름 편집할 줄 알아……?”

마리코 씨도 같은 생각이었는지 반짝거리는 커다란 눈으로 《주마등》 필름 캔을 보았습니다.

“해 본 적은 없지만 도전해 보려고요.”

“부탁해…….”

아래층에서 뭔가 우당탕 부서지는 소리와 함께 "내 보물이! 벨 앤 하우엘 영사기가!"라고 절규하는 지배인의 목소리가 들려옵니다.

'마리코 씨는 지금 혼자 떠날 작정이란 말이에요.'

저는 지배인이 불쌍해졌습니다. 그런 결심을 한 마리코 씨를 생각하니 마음이 더 복잡해졌습니다.

"스미레, 서둘러……. 저 사람들이 결투를 벌이기 전에……."

"네."

편집대에 《주마등》을 세팅하고 잘린 부분을 찾았습니다.

연결 부분에 붙어 있는 테이프를 떼어 내고 새로 발견한 비밀 파트를 사이에 끼워 넣었습니다.

편집용 테이프를 붙이려는 순간, 콩트 같은 타이밍으로 가논이 재채기를 하는 바람에 손이 크게 엇나갔습니다.

"아아, 미안……. 내가 안고 있어서 추웠나 봐……."

체온 없는 마리코 씨가 가논에게 꾸벅꾸벅 사과하며 코를 닦아 주었습니다. 마리코 씨는 쓰레기통이 없다면서 당연하다는 듯 코 푼 휴지를 뭉쳐서 제 주머니에 쑤셔 넣었습니다.

저도 코를 훌쩍거리면서 간신히 필름을 연결한 다음, 커다란 재채기를 쏟아 내며 두 사람을 돌아보았습니다.

"다 됐어요."

영사기에 건 필름을 드르륵드르륵 감았습니다. 이제 정말 영화가 시작되는 겁니다.

"진짜로 볼 거죠, 마리코 씨?"

실내조명을 끄고 영사기를 작동시키면서 한 번 더 마리코 씨에게 물었습니다. 어제와는 달리 완전판《주마등》은 분명 마리코 씨를 성불시켜 가야 할 장소로 보내 줄 것입니다.

만난 지 겨우 엿새밖에 되지 않았지만. 나이 차이도 많고, 마리코 씨는 제가 태어나기 전부터 유령이었지만…….

"헤어지기 싫어요."

가논의 코가 묻은 휴지로 이미 불룩해진 주머니에 제 코를 푼 휴지도 쑤셔 넣었습니다.

"미안해……."

마리코 씨는 제게도 꾸벅꾸벅 사과하고는 영사기 반대편으로 갔습니다. 그러더니 훌쩍훌쩍 코를 풀며 굳이 돌아와서는 제 주머니에 휴지를 쑤셔 넣고 다시 종종걸음으로 영사기 반대편으로 향했습니다.

'마리코 씨도 사실은 여기 있고 싶은 거야.'

저는 마리코 씨와 같은 마음을 눌러 담으며 영사기를 켰습니다.

가논까지 함께, 저희 셋은 영사실 창문 너머로 말없이 스크린을 바라보았습니다.

본편이 시작되기 전 카운트다운 숫자가 크게 뜨고, 이윽고 어두운 방이 화면에 나왔습니다.

많이 보던 방이었습니다.

드르륵거리는 영사기 소리에 모니터 스피커에서 흘러나오는 음성이 겹치기 시작했습니다.

스크린 속에서 본 것은 살아 있는 사람의 따분한 《주마등》보다 훨씬 더 따분한 영상이었습니다.

다름 아닌 이곳, 어두운 영사실에서 몸을 웅크리고 작업하는 남자가 있었습니다.

그래요, 《주마등》에 비친 것은 바로 이 영사실이었습니다.

그리고 편집대 앞에 있는 저 뒷모습은…….

'우도 씨?'

제가 짝사랑 상대인 우도 씨를 못 알아볼 리 없습니다.

평소처럼 헐렁한 셔츠 자락을 몸에 딱 맞는 청바지 안에 대충 쑤셔 넣은 우도 씨가 방금 전 제가 작업했던 편집대에서 필름을 편집하고 있었습니다.

영사실 안에서, 영사실 영상을 보다니.

마치 맞거울 사이에 있는 것처럼 기묘한 기분이었습니다.

그보다 중요한 문제는 화면 속의 우도 씨입니다.

어깨너머로 보고 배운 저보다 훨씬 능숙하게 잘라 붙이고 있는 필름은 길이로 보아 《주마등》 같았습니다.

'우도 씨가 왜 《주마등》을 편집하고 있는 걸까?'

왠지 모르게 가슴이 술렁거리기 시작했습니다.

제가 불길한 예감을 느끼는 와중에도 스크린 속에서는 비밀스러운 작업이 척척 진행되었습니다.

우도 씨는 잘라 낸 테이프를 낡은 책 속에 쑤셔 넣더니 그 책을 종이 케이스에 넣었습니다. 바로 《영화 100년 문화사》입니다.

'영문을 모르겠어.'

제가 혼란스러워하는 사이, 멀찍이 떨어진 곳에서 마리코 씨가 가느다란 비명을 질렀습니다.

마리코 씨도 자기 인생이 담긴 《주마등》을 보고 있을 텐데요.

"긴 씨도 참, 날 다른 사람으로 착각했네……. 하지만 왜 점이……?"

마리코 씨가 예쁘장하니 자그마한 코를 집게손가락으로 오른쪽, 왼쪽으로 자꾸 눌러 보다가 갑자기 화들짝 놀라 뒷걸음질을 쳤습니다.

"마리코 씨?"

혹시 마리코 씨도 자기 《주마등》 속에서 뭔가 발견한 걸까요?

"왜 그래요, 마리코 씨?"

제 목소리도 들리지 않는지, 마리코 씨는 벽 속으로 훌쩍 사라져 버렸습니다. 문을 막아 둔 방어벽에도 아랑곳하지 않고 스르륵 벽을 통과해 버리다니, 역시 유령은 유령이다 싶어 감탄했습니다.

제 옆에서는 가논이 새근거리며 졸고 있었습니다. 작은 입술을 부루퉁하게 내밀고 있습니다.

"뭐야. 아저씨 머리 모양, 진짜 이상해⋯⋯."

그런 잠꼬대를 중얼거리는 걸 보니 꽃밭 꿈을 꾸며 펀치파마 아저씨에게 심술궂은 소리를 듣고 있는지도 모릅니다.

그러는 사이에도 필름은 돌아가서 엔딩을 맞이했습니다.

'아, 놓쳤네.'

스크린 속 우도 씨는 화면에 등을 돌린 채 문밖으로 나가 버렸고 20분짜리 단편 영화는 그렇게 끝났습니다.

"⋯⋯."

저는 깜깜해진 스크린을 잠시 바라보다가 정신을 차리

고 필름을 되감았습니다.

다시 영사기를 돌리자 이번에는 전혀 다른 영상이 나왔습니다.

어제 불완전판 《주마등》에서 보았던 공간…… 히라이가 어머니와 함께 있던 다과회 풍경이었습니다.

컨트리풍 가구와 소품들로 그림책 속 한 장면처럼 아늑하게 꾸민 공간. 영사실 특유의 시큼한 냄새는 사라지고, 찻잔에서 피어오르는 김을 타고 홍차 향기가 풍겨 오는 것 같았습니다.

리넨 식탁보 위에 놓인 과자와 형형색색 달콤한 잼도 혀 위에서 사르르 녹습니다.

어제보다 더 현실 같은, 정말 현실 같은 《주마등》이었습니다.

하지만 히라이 모녀의 모습은 보이지 않았습니다.

그 대신 완벽한 미소를 머금은 남자가 있었습니다.

업무용 정장을 차려입은, 살가워 보이는 사람입니다.

편안한 목소리로 쉴 새 없이 뭔가 말하고 있는데 모니터 스피커 성능이 나빠서 내용까지는 들리지 않았습니다.

가슴에 달고 있는 배지가 클로즈업되었습니다.

뫼비우스의 띠 위에서 학과 거북이가 달리기 시합을 하

고 있는 배지입니다.

제가 놀라고 있는 사이에도 짧은 영상은 계속되었습니다.

카메라…… 영상 주인의 시선은 이리저리 움직이다가 어제 본《주마등》과 마찬가지로 거울 앞에서 멈췄습니다.

사진으로만 보았던…… 아니, 입학식 때에도 유령으로 보긴 했지만, 백발 할머니가 화면을 가득 채웠습니다.

거울에 비친《주마등》의 주인은 히라이 후에코 씨였습니다.

저는 후에코 씨의《주마등》을 보고 있는 겁니다.

어째서?

제가 당혹스러워하든 말든 영상은 흘러갑니다.

후에코 씨의 모습은 입학식 때 훌쩍 나타났을 때와는 완전히 딴판이었습니다. 조금 전 히라이가 보여 준 사진처럼 백발이 흐트러진 노파 귀신 같은 형상이었습니다.

실제로 심령사진에 찍힌 것처럼 커다란 식칼을 쥐고 있었습니다.

시뻘겋게 충혈된 눈이 스크린 너머에서 이쪽을 똑바로 쳐다보았습니다.

제가 얼어붙어 있는 사이, 후에코 씨가 식칼을 들고 정장을 입은 남자의 등 뒤로 다가갑니다.

푹.

푹.

화면이 시뻘겋게 변합니다.

남자의 비명 소리가 아득하게 들려왔습니다.

그대로 전부 어둠 속으로 페이드 아웃되면서 《주마등》
이 끝났습니다.

"으으."

저는 찡그린 미간에 천천히 손을 뻗으며 고민했습니다.

충격적인 영상이라는 건 말할 필요도 없지만, 강한 기시
감도 들었습니다.

물론 똑같은 방에서 열린 다과회 영상을 어제도 봤지만.

답답하고 근질근질한 기억에서 다른 정보를 끄집어내야
합니다.

"아!"

어제에 이어 스크린 속에 나타난 앙증맞은 컨트리풍 방
은, 바로 우도 씨가 사는 셋집이었습니다.

우도 씨의 가구와 소지품이 삭막할 정도로 적었고 온통
영상 관련 물건들뿐이라 완전히 다른 공간으로 보여서 바로
알아차리지 못했습니다.

우도 씨는 분명 사연이 있어서 저렴하게 빌렸다고 했습

니다.

전에 살던 사람이 고독사한 노인이라는 말도요.

그 이야기를 들었을 때 저도 바로 후에코 씨를 떠올리긴 했는데.

"설마 같은 집이었다니."

거의 무의식적으로 조명을 켜고 영사기 전원을 껐습니다.

"영사기. 기우. 우도 씨 방. 방문 판매원……."

혼자 하는 끝말잇기는 금방 끝나 버렸습니다.

편집대 앞 의자에 앉아 치마 주머니에서 코 묻은 휴지를 꺼내 바닥에 툭툭 버리고, 제일 안쪽에서 구겨져 있던 작은 스티커를 꺼냈습니다.

호구 스티커. 우도 씨네 현관에서 떼어 낸 스티커입니다.

도둑이 알리바바의 집을 동료들에게 알리려고 붙였던, '여기에 호구가 있다'고 알리는 나쁜 표식.

뫼비우스의 띠 위를 달려가는 학과 거북이 마크는 《주마등》 안에서 후에코 씨가 식칼로 찌른 남자가 가슴에 달고 있던 회사 배지와 같은 디자인이었습니다. 그 사람이 바로 최근 뉴스에서 떠들썩하게 다룬 실종된 악덕 외판원 아닐까요?

마음. 진심. 쓰루카메 건설.

뫼비우스의 띠 아래에, 회사 이름이 있었습니다.

"마음…… 진심…… 쓰루카메 건설."

반대쪽 주머니에서 휴대전화를 꺼내 회사명을 검색했습니다.

의외로 소재지와 전화번호는 쉽게 알아냈습니다.

"……리모델링 전문. 100년의 안심과 신뢰를 자랑하는 마음. 진심. 쓰루카메 건설."

홈페이지에 적혀 있는 전화번호로 연락해 보니 억양이 특이한 여자가 받았습니다.

그 기세에 눌려 저도 모르게 말문이 막혔지만 최대한 고등학생답지 않게 외고모할머니 흉내를 내서 쩌렁쩌렁 위엄 있는 목소리를 냈습니다.

"뭐 좀 묻고 싶은데요. 거기 근무하던 사원 중에 지난 연말에 행방불명된 분은 안 계시는지? 왜, 뉴스에서도 악덕 외판원이 실종됐다고 난리잖아요. 그거 말이에요, 그거."

'으—응?'

"잘 들어, 정신 똑바로 차리고 솔직하게 대답해. 댁들, 히라이 후에코 씨를 등쳐 먹었지? 필요도 없는 리모델링을 강요해서 후에코 씨 집을 엉망진창으로 만들었잖아."

'너, 뭐—야?'

주눅 들지 않으려고 너무 위압적으로 말했는지 상대방

목소리가 험악해졌습니다.

'잠깐. 너, 정체가 뭐―야?'

정체가 뭘까요?

저도 실은 전부터 궁금했어요.

일단 지금은 이렇게 소개하기로 하죠.

"영능력자입니다."

외고모할머니 흉내는 그만두고 제 목소리로, 그렇지만 단호하게 대답했습니다.

'우―리 동업자야?'

전화기 너머의 목소리를 들으면서 저는 잽싸게 머리를 굴려 하나의 결론에 도달했습니다.

우도 씨가 위험해요.

✪

저는 직접 만든 방어벽을 스스로 허물고 아직 졸고 있는 가논을 등에 업고 어두운 계단을 뛰어 내려갔습니다.

사무실을 들끓게 했던 소동은 마치 끓는 물이 식듯 잠 잠해졌습니다.

모두 그 자리에 남아서 말 한 마디 없이 입만 꾹 다물고 있습니다.

어머니는 사무용 책상에 떡하니 앉아서 지배인의 담배를 피우고 있었는데 한 모금 빨 때마다 콜록거렸습니다. 그 옆에서 아버지가 안절부절못했습니다.

어머니와 마찬가지로 책상에 걸터앉은 히라이는 짜증스러운 표정으로 문고본 페이지를 넘기고 있었습니다. 제 얼굴을 보고 일어서려다가 피곤한 표정으로 요란하게 한숨을 내쉬고는 다시 자리에 앉았습니다.

"어머."

멀리 떨어진 의자에 앉아 있던 미사키 씨가 제게 업혀서 자고 있는 가논을 보고 천연덕스럽게 웃음을 터뜨렸습니다. 이 사람은 매사에 낙천적인 성격일지도 모릅니다.

"스미레, 또 가논을 돌봐 주었구나. 너희는 정말 사이가 좋네."

어머니의 시선이 제 등에 비수처럼 푹 꽂혔습니다.

저는 미사키 씨에게 가논을 안겨 주고 결투 소동의 주인공 세 사람을 조심스레 쳐다보았습니다.

놀랍게도 지배인과 은막점 사장님은 화기애애한 분위기였습니다.

마리코 씨가 아까 "긴 씨도 참, 날 다른 사람으로 착각했

네……"라고 했는데, 성불을 중단해 가면서까지 꼭 풀어야
할 오해가 있었던 모양입니다.

"긴 씨가 약혼했던 상대는 제가 아니라 마루코 다미에라
는 아가씨였어요……."

"세상에."

은막점 사장님이 연모한 사람은 '마리코' 씨가 아니라
'마루코' 씨였나요.

기가 막혀서 말도 안 나옵니다. 기운 없어 보이는 지배인
이 드라이버 끝으로 수염을 긁적거렸습니다. 소동 중에 망
가졌는지 소형 영사기를 수리하고 있었습니다.

"이 벨 앤 하우엘은 내 보물이란 말이야."

지배인이 투덜거리며 은막점 사장님을 원망스러운 눈초
리로 노려보았습니다.

"자네도 참 덜렁꾼이군. 그래도 약혼자 이름은 똑바로
외워야지."

은막점 사장님과 결혼을 약속한 마루코 다미에 씨는 평
소 이름이 아니라 마루코라는 성으로 불렸다고 합니다.

"이 몸이 착각을 하고 있었구먼. 이제야 똑똑히 생각났어."

정작 마루코 씨는 은막점 사장님이 인생을 건 경륜 시합
에서 딴 돈을 훔쳐서 다른 남자와 외국으로 달아났다는군요.

"면목 없소⋯⋯. 면목 없습니다, 여러분."

고개를 떨군 은막점 사장님을 보면서 저는 왠지 점점 더 혼란스러웠습니다.

여기서 일어나고 있는 일도 뭔가 이상합니다.

저희 부모님과 미사키 씨의 삼각관계는 현재 진행형으로 배배 꼬여 있지만, 총격전까지 벌일 뻔한 은막점 사장님과 지배인의 오해가 저렇게 어이없이 풀리다니 아무래도 찝찝했습니다.

'뭐가 이상한 걸까? 어디가 이상한 걸까?'

잔뜩 찡그린 표정 때문에 눈썹과 입이 한가운데로 모여서 안 봐도 이상한 얼굴일 게 뻔했습니다.

"스미레, 그렇게 무서운 표정 짓지 마⋯⋯."

마리코 씨가 걱정스러운 듯 속삭였습니다.

하지만 머릿속에서 소용돌이치는 혼란은 점점 커졌고, 영사실에서 느꼈던 또 다른 불안도 점점 커졌습니다.

"으으~."

저는 나직하게 신음하면서 게르마 전기관을 뛰쳐나갔습니다.

마치 그림자처럼, 누군가가 뒤에서 쫓아왔습니다.

8
대결

"잠깐, 구스모토. 어디 가는 거야?"

저를 쫓아온 사람은 히라이였습니다. 게르마 전기관에서 나왔을 때부터 제 팔꿈치를 붙잡고 함께 달리고 있습니다.

"역 앞 버스 터미널!"

저는 달리면서 대답했습니다.

그런데 터미널에 도착하고 보니 하필 버스가 다니지 않는 시간대였습니다.

'이러고 있을 시간이 없어.'

저는 그대로 우도 씨 집까지 3킬로미터 남짓한 거리를

달렸는데……. 생각해 보니 택시를 탈걸 그랬어요. 제가 생각해도 정말 얼빠진 행동이었습니다.

덕분에 숨은 차고, 머리카락은 악몽에 나왔던 이상한 아저씨처럼 북슬북슬 헝클어졌어요. 흐르는 땀 때문에 얼굴도 옷도 끈적끈적했고요.

"왜 택시를 안 타는 거야?"

게르마 전기관부터 계속 곁에 붙어 있는 히라이가 뒤늦게 지적했습니다.

"실은 나도 방금 깨달았어."

"구스모토 너, 덜렁이구나."

그렇게 말하는 히라이는 저보다 훨씬 장거리 달리기에 강한 것 같습니다. 머리카락도 얼굴도 옷도 엉망인 저와 달리 변함없이 평소처럼 단정한 모습이었습니다.

"놓치지 않을 거라고 했잖아."

히라이는 조금 흐트러진 머리를 손가락으로 가다듬으며 태연하게 말했습니다.

쓰레기 수거차가 느긋한 속도로 지나갔습니다. 저와 함께 수거차를 바라보던 히라이가 갑자기 눈앞의 단독 주택을 쳐다보았습니다.

"앗. 여긴 할머니 댁이잖아?"

그렇습니다. 이곳은 히라이 후에코 씨가 살던 집이었습니다.

그리고 지금은 우도 씨가 살고 있습니다. 셋집이라 집주인은 따로 있지만요.

집주인이 산다는 건평이 세 평도 채 되지 않는 아담한 집이 우도 씨 집 뒤로 작게 보였습니다.

"어째서 이쪽 집을 세놓은 걸까?"

"그런 건 왜 물어?"

히라이 후에코 씨는 피 한 방울 섞이지 않은 타인에게 집과 재산을 물려주었다고 했는데, 상속인이 사는 비좁은 집을 보고 있으려니 새삼 기묘해서 고개를 갸웃거리게 됩니다.

"누구한테 물려주었든, 그 사람이 할머님이 살던 집에 사는 게 자연스럽잖아."

"할머니가 이것저것 세세하게 유언으로 남겼대."

"그래?"

"할머니가 무슨 생각으로 그랬는지 누가 알겠어. 제대로 된 게 하나도 없는걸."

히라이가 내뱉듯이 말하고는 풍성한 머리카락을 출렁이며 저를 돌아보았습니다.

"구스모토, 여기서 뭘 할 셈이야? 설마 우리 할머니 유령하고 대질시키려고 데려온 건 아니겠지?"

유령하고 대질이라니, 그런 엄청난 일은 못 합니다. 애초에 멋대로 따라와 놓고는. 차마 그렇게 말할 수는 없어 가만히 있으려니 히라이의 표정이 점점 험악해져서 잔뜩 움츠러들고 말았습니다.

하지만 히라이는 제가 아니라, 작은 집에서 커다란 쓰레기봉투를 들고 나온 남자를 보고 있었습니다.

'저 사람이 집주인?'

후에코 씨에게 집과 재산을 몽땅 상속받은 '제삼자'는 땀에 젖은 운동복을 입은 꾀죄죄한 사람이었습니다. 그런데 어딘가 낯익은 느낌이 드는 이유는 뭘까요?

"저 녀석."

히라이가 제 팔을 붙잡고 딱딱한 표정으로 말했습니다.

"일단 진정해."

저는 히라이의 작은 손을 맞잡고 텅 빈 쓰레기 수거장과 쓰레기봉투를 든 남자를 번갈아 보았습니다.

"저기……. 쓰레기 수거차는 방금 가 버렸는데요."

"어차피 며칠 있으면 또 오겠지."

남자가 기운 없이 대답하고는 그대로 수거장으로 갔습니다.

저희가 무언의 비난을 담아 눈짓을 주고받는 사이, 분리수거일도 지키지 않는 남자가 터덜터덜 작은 집으로 돌아갔습니다.

"방금 그 사람이 할머니 댁을 상속받은 사람이야. 어때, 인상 나쁘지?"

확실히 분리수거 매너는 몹시 나쁜 것 같습니다. 그보다 아무래도 어디서 본 것 같은데 말이에요.

"저 사람, 분명 사기꾼일 거야. 할머니를 속인 게 한두 사람이 아니거든. 재산까지 전부 빼앗겼는데, 우리는 어떻게 할 방도가 없어."

"방금 그 사람, 어디서 본 것 같은데."

"웩. 너 가자마 도라타로하고 아는 사이야?"

"응?"

지금 뭐라고 했어?

저는 눈을 깜빡거리며 히라이의 얼굴을 쳐다보았습니다.

"왜 그래?"

당황하는 히라이에게 저는 계속 눈을 깜빡거리면서 덥석 달려들 기세로 물었습니다.

방금, 누구라고 했어?

"그러니까 가자마 도라타로를 만난 적 있느냐고……."

"있어!"

저도 모르게 소리를 지르고 말았습니다.

아니. 정확하게는 만난 게 아니라 본 적이 있습니다. 가논네 집 현관, 가족사진을 넣어 둔 액자 속에서.

가자마 도라타로.

가논의 아버지, 미사키 씨의 남편, 다단계 사기라는 돈벌이 상술에 속아 '미카 인형'을 잔뜩 사들였지만 팔리지 않아 빚만 지고 증발해 버린 바로 그 사람이 가자마 도라타로 씨 아닙니까?

"그렇게 된 일이군."

이로써 우도 씨 집에 있던 '미카 인형'도 설명이 됩니다.

우도 씨가 아니라 지금은 고인이 된 히라이 후에코 씨가 구입했던 거에요.

가자마 도라타로 씨는 '미카 인형'을 팔러 왔다가 생전의 후에코 씨를 만났던 겁니다.

"잠깐. 왜 그러는 거야, 구스모토?"

정원 너머 작은 집으로 달려가는 저를 히라이가 쫓아왔습니다.

정말 작은 집. 전기 계량기가 없었다면 그냥 창고로밖에는 보이지 않을, 작은 집.

저는 초인종도 없는 현관문을 두드렸습니다.

안에서는 아무 반응도 없었지만 포기하지 않고 두드렸습니다.

"뭐야, 고작 분리수거 하나로 시끄럽게."

아까 본 남자가 잔뜩 찌푸린 얼굴로 나왔습니다. 이렇게 가까이서 보니 사진보다 더 미남이었습니다. 하지만 3킬로미터나 달려온 저희보다 훨씬 더 기운이 없어 보였습니다.

"쓰레기 때문에 그러는 게 아니에요."

저는 숨을 깊이 들이마시고 닭처럼 빽 소리를 질렀습니다.

"가자마 도라타로!"

덥수룩한 수염에 안색 나쁜 얼굴이 붉으락푸르락하다가 빨갛게 달아올랐습니다.

"내 이름을 어떻게 알아냈어!"

거처를 들킨 가자마 도라타로 씨는 도망칠지 위협할지 고민하는 기색을 보이더니, 저희가 일개 소녀라 그런지 후자를 택했습니다.

"내가 여기 있다는 걸……."

다른 사람에게 떠벌리면 죽여 버리겠다며 가자마 도라타로 씨가 무섭게 소리 지르는 사이, 제 손가락은 휴대전화 위를 악마 같은 속도로 훑어 게르마 전기관의 전화번호를 눌렀습니다.

"여보세요. 미사키 씨하고 가논을 바꿔 주세요."

전화를 받은 지배인에게 그렇게 말하자, 눈앞에서 제 말을 들은 가자마 도라타로 씨가 얼어붙었습니다.

저는 미사키 씨의 목소리를 확인하고 휴대전화를 가자마 도라타로 씨에게 냅다 맡기고 그대로 발길을 돌렸습니다.

뒤에서 가자마 도라타로 씨가 흐느끼는 목소리로 말하는 것을 들으며, 별채로 이어지는 정원을 가로질렀습니다.

"미안…… 돌아갈게……. 응, 난 괜찮아……."

네, 그래야죠. 어서 돌아가세요. 당신이 있어야 할 곳으로.

저도 지금, 제가 가야 할 곳으로 가겠습니다.

하늘을 올려다보면서 이곳에 올 때와 반대로, 5월의 맑은 하늘을 반으로 가르는 전깃줄을 거꾸로 따라가서 우도 씨 집 초인종을 눌렀습니다.

"너도 할머니 집이라 그립지?"

뒤따라오는 히라이에게 말을 건넸습니다.

"무슨 뜻이야?"

"여기까지 따라왔으니 같이 들어갈 거지?"

"싫어!"

히라이가 날카롭게 대답하면서 슬금슬금 뒤로 물러났

습니다.

"히라이?"

"난 할머니 댁에 들어갈 생각 없어. 너도 힘들겠지만, 더 이상 내 주변에서 맴돌지 마!"

"뭐?"

굳이 따지자면 주변을 맴돈 건 넌데.

"나 용건이 생각나서. 이만 가 볼게. 그럼 힘내!"

히라이는 현관문 근처에서 그렇게 말하더니 혼자서 길가로 달려갔습니다. 마침 지나가던 택시를 향해 한 손을 흔드는 모습이 보였습니다.

'어머나.'

산울타리 밖에서 히라이를 태운 택시가 떠나갔습니다.

히라이가 떠나자 이번에는 우도 씨가 현관문을 열었습니다.

"또 왔어?"

지금까지 몇 차례나 방문 판매로 골머리를 앓았을 텐데, 우도 씨는 불쑥 찾아온 저를 귀찮아하지 않았습니다.

"엄청난 모습인데, 조깅?"

"그런 셈이죠."

"마침 커피를 내렸어."

우도 씨는 어제와 똑같은 말을 하며 저를 집에 들였습니다.

하지만 저는 어제처럼 들뜨지 않고 눈을 잔뜩 부릅뜨고 성큼성큼 부엌으로 들어갔습니다.

무기질적인 철제 선반, 누가 봐도 마니아 취향의 영화 관련 기계와 서적을 시야에서 걷어 내니 마치 매직 아이처럼 방 풍경이 다르게 보였습니다. 틀림없이 이곳은 《주마등》에서 본 다과회 현장입니다.

"우도 씨, 빨리 이 집에서 나가세요. 당신에게는 나쁜 영혼이 붙어 있습니다."

"왜 그래? 악덕 업자 같은 소리를 다 하고."

우도 씨가 현관문을 닫는 소리가 유난히 크게 울렸습니다.

저는 창밖으로 방금 들른 집주인의 거처를 살펴보았습니다.

"이 집은 저 옆에 있는 작은 주택의 별채죠? 너무 부자연스럽지 않나요?"

"그래서?"

우도 씨는 그의 취향에 맞는 무기질적인 디자인의 머그잔을 가져오더니 향긋한 검은 액체를 조르르 따랐습니다.

“그런 말을 하려고 일부러 찾아왔어?”

우도 씨의 아름다운 미소에도 저는 마주 웃을 수 없었습니다.

“여긴 히라이 후에코 씨가 살던 집이었어요. 작년 섣달 그믐날, 이 집에서 혼자 돌아가셨다고 해요. 후에코 씨는 제 동급생 할머니예요. 그 아이 말로는 할머니께서 지금도 귀신이 되어 나타난대요. 그런 사연 있는 집이라서 우도 씨한테 싸게 빌려준 거예요. 월세를 아끼느라 우도 씨는 지금 엄청난 일에 휘말렸다고요.”

“말이 심하네.”

우도 씨는 의자 위치를 조절하더니 테이블 위에 커피를 놓으면서 계속 싱글싱글 웃었습니다. 제가 열심히 일할 때는 항상 불쾌한 표정만 지었으면서.

저는 조금 울컥한 기분으로 의자에 앉았습니다.

여전히 설탕도 우유도 주지 않아서 쓴 커피를 그대로 한 모금 마셨습니다.

너무 써서 맛이 하나도 없어요.

고개를 숙이니 바닥에 난 동그란 무늬가 보였습니다.

제가 앉은 의자 밑에 있는, 조금 세련된 둥근 나뭇결의 이음매를 무의식적으로 눈으로 좇았습니다.

"우도 씨, 후에코 씨에게 씌었군요. 《주마등》 필름에서 후에코 씨에게 불리한 부분을 잘라 낸 사람이 우도 씨였으니까요. 2관 심야 상영과 달리 필름은 살아 있는 사람도 볼 가능성이 있으니까요."

살아 있는 사람이라니, 누가?

후에코 씨에게 쓰인 사람 눈에는 분명 후에코 씨의 《주마등》이 보일 테지만.

그렇다면 저도 후에코 씨에게 쓰인 걸까요?

그건 아닌 것 같아요.

우도 씨는 대체 《주마등》을 누구의 눈에서 감추고 싶었던 걸까요?

제게 후에코 씨의 《주마등》을 보여 준 건 누구였을까요?

"저는 《주마등》을 봤어요. 우도 씨가 《주마등》 필름에서 중요한 부분을 잘라 내서 숨기는 모습도, 후에코 씨가 사기꾼 외판원을 살해하는 모습도."

우도 씨는 머그잔을 기울이더니 조금 쓴지 얼굴을 찌푸리며 컵을 테이블에 탁 내려놓았습니다. 뭔가를 말하고 싶은 눈치로 입을 열다가 결국 아무 말도 하지 않고 전등 스위치를 껐습니다.

작고 건조한 소리.

딸깍.

아니요. 우도 씨가 누른 것은, 전등 스위치가 아니었습니다.

바닥이 푹 꺼지는 장치의 스위치였습니다.

제 의자 밑, 세련된 원형 무늬는 알고 보니 무늬가 아니었어요.

무늬를 이루는 판자가 스위치 소리와 함께 분리되어 동그란 구멍이 입을 벌렸습니다.

잠깐 붕 뜨는 감각이 들더니 의자에 앉은 채로 한 층 높이만큼 바닥으로 떨어졌습니다. 미리 깔아 둔 두꺼운 쿠션이 아니었다면 크게 다칠 뻔했습니다.

무사하다고 안도하고 있을 때가 아니었습니다.

저는 멍하니 주위를 둘러보았습니다.

그곳은 《주마등》에서 본 곳보다 훨씬 사랑스럽게 꾸민 응접실이었습니다.

작은 꽃들을 수놓은 식탁보 위에 놓인 깜찍한 한입 크기 케이크와 스콘, 딸기를 비롯해 다양한 베리와 마멀레이드 수제 잼, 오이 샌드위치.

먼저 온 손님들이 앉아 있는 소파에는 무척 따뜻해 보이는 퀼트 커버가 덮여 있었지만, 사실은 조금도 따뜻하지 않았습니다.

고급스러운 다기 속 홍차는 얼어 있었습니다.

과자도, 잼도, 의자에 앉은 손님들도, 전부 꽁꽁 얼어 있었습니다.

주위가 냉동고처럼 추워서…… 아니, 여기가 바로 냉동고였습니다.

"이런 리모델링까지 했다니!"

추위 탓인지, 공포 탓인지, 분노 탓인지, 저는 스스로도 놀랄 정도로 큰 소리로 외쳤습니다.

저 말고 다른 손님은 모두 세 명.

역시 모두 깜짝 놀란 얼굴로 입을 떡 벌리고 있었습니다.

복부에 커다란 상처가 있었는데 냉기 때문에 흘러내린 피도 꽁꽁 얼어붙어 있었습니다.

아아.

누군가의 마음이 제 안으로 밀려들어 왔습니다.

'외로웠어. 하지만 오늘은 즐거워.'

지금 가까이에 있는 사람인데, 아직 모습은 보이지 않습니다.

"후에코 씨, 후에코 할머니 맞죠?"

경계하지 않게끔 부르려 했는데 추워서 몸이 떨려 화난

것처럼 딱딱한 목소리가 나왔습니다.

생전의 히라이 후에코 씨는 너무 고독해서, 악덕 업자라도 찾아와 주면 기뻤던 겁니다.

그들이 말하는 대로 터무니없이 비싼 오리털 이불도 샀습니다.

화재경보기도, 환풍기도 잔뜩 설치했습니다.

하지만 다들 일이 끝나면 돌아가 버립니다.

친절하게 이야기를 들어 주다가도 일이 끝나면 다시는 찾지 않습니다.

그게 너무 서운했습니다.

후에코 씨는 대대적인 리모델링을 의뢰했습니다.

지하실을 만들고, 그곳에 생선 창고처럼 커다란 냉동고를 설치했습니다.

마음에 드는 가구를 들이고, 아껴 둔 퀼트로 장식하고, 가장 좋아하는 식기들을 마련하고, 이 함정도 만들었습니다.

그리고 소중한 손님들이 다시는 돌아가지 않도록…… 죽였습니다.

"그런 거죠, 후에코 씨?"

제가 다시 말을 걸자, 천장 구멍으로 아래를 들여다보고 있던 우도 씨에게서 무언가가 쑥 떨어져 나왔습니다. 양파

껍질처럼, 스티커처럼 정말로 벗겨졌습니다.

우도 씨는 넋이 나가서 눈도 깜빡거리지 않고 똑같은 자세로 구멍 밑을 들여다보고 있었습니다.

"우도 씨, 괜찮으세요? 우도 씨, 저 좀 꺼내 주세요!"

마네킹처럼 멍하게 얼어붙은 우도 씨는 괜찮아 보이지도 않았고, 하물며 저를 꺼내 줄 것 같지도 않았습니다.

한편 우도 씨에게서 떨어져 나온 존재는 구멍을 타고 둥실둥실 내려오더니 아담하고 고상한 할머니 모습으로 바뀌었습니다.

"히라이 후에코 씨 맞죠?"

하도 많은 일을 겪어서 그런지, 이런 불가사의한 현상을 목격했는데도 아무렇지 않았습니다. 오히려 드디어 이 사람을 만나서 다행이라는 생각마저 들었습니다.

"그렇단다. 이렇게 인사를 나눌 수 있어서 기쁘구나."

입학식 때 본 모습 그대로, 후에코 씨는 연한 색 기모노를 입고 정정한 미소를 머금고 있었습니다. 하지만 몸이 반투명해서 뒤쪽에 있는 노란 장미 조화가 비쳐 보였습니다.

"후에코 씨. 당신이 여기 있는 세 사람을 죽였다는 걸 저는 알고 있어요."

"세 사람 다 처리하기 어찌나 쉽던지, 생선 요리와 다를 바 없더구나.”

후에코 씨는 배가 붉게 물든 손님들 사이에 서서 테이블 위에 있는 제비꽃 설탕 절임을 손가락으로 집었습니다. 우아하게 입으로 가져가더니 어금니로 오도독오도독 씹어 먹습니다.

“너도 하나 어떠니? 제비꽃으로 만든 디저트야.”

“아니요. 사양할게요.”

“아무래도 그렇겠지. 스미레가 제비꽃(*일본어로 스미레)을 먹으면 제 살을 뜯어먹는 격이니.”

그렇게 말하면서도 후에코 씨는 계속 설탕 절임을 오도독오도독 소리 내어 잘게 씹었습니다.

등골이 오싹했지만 두 손을 꽉 맞잡고 견뎠습니다.

“당신은 죽고 난 뒤까지 고려해서 바로 옆에 집을 지었어요. 당신이 죽어도 이 지하실을 냉각하는 전기가 끊기지 않도록 옆집에서 끌어왔죠. 오로지 그럴 목적으로 가자마 도라타로 씨를 고용했고요.”

후에코 씨는 상속인으로 지정한 가자마 도라타로에게 이 집을 내주지 않았습니다.

전기 요금을 내는 게 그의 역할이었으니까. 집에 살면서 만에 하나 이 지하 냉동고를 찾아내기라도 하면 큰일입니다.

"가자마 씨도 무척 어려운 처지였거든. 우리 집에 인형을 팔러 왔을 때, 남자인데도 이야기를 하다가 정말로 울더라니까. 믿고 있던 사람에게 속아서 가족도 부양 못 하고 만사에 넌더리가 나서 달아나고 싶다, 죽어 버리고 싶다지 뭐야. 너는 그런 사람을 그냥 내버려둘 수 있겠니?"

오도독, 후에코 씨의 어금니에 제비꽃 설탕 절임이 부서져 갔습니다.

"가자마 씨는 이 지하실을 차갑게 유지할 전기를 보장하는 가짜 집주인. 겨우 그런 이유로 가논은 외롭게 자라고, 게르마 전기관은 탁아소가 되고, 미사키 씨는 밤낮으로 일하고, 저희 부모님은 이혼 위기에 빠졌다고요."

"그거참 안됐네."

후에코 씨가 차를 마시려다가 얼어붙은 것을 보고 얼굴을 찌푸렸습니다.

다시 제비꽃 꽃잎을 입으로 가져갑니다.

오도독……. 후에코 씨의 입안에서 소리가 납니다.

아니, 제 몸에서 나는 소리였습니다. 추위 때문에 가만히 있을 수가 없었습니다. 옷을 흠뻑 적신 땀이 냉기에 얼어붙기 시작했습니다.

"어쨌거나 빚 때문에 곤경에 처한 가자마 도라타로 씨를 이용하다니, 너무해요!"

더 심한 꼴을 당한 사람들에게서는 가급적 시선을 돌리며 말했습니다.

"그래. 솔직히 말하면."

후에코 씨가 입을 가리고 아이처럼 키득거렸습니다.

"가자마 씨는 재미없는 손님이었거든. 그래서 이곳에 초대하는 대신 일을 줬어. 사실 이 사람들도 대화는 잘 안 통했지만."

후에코 씨가 얼어붙은 세 사람을 가리켜서 저도 모르게 눈으로 좇고 말았습니다.

겁에 질린 저를 보고 후에코 씨가 힘내라는 듯 고개를 끄덕거렸습니다.

"그런 면에서 너는 얌전하고 깜찍해. 손님으로 더할 나위 없어."

후에코 씨가 테이블 위에 놓인 나이프를 붙잡았습니다.

후에코 씨는 유령이라 손도 몸도 반투명한데 어째서 나이프를 쥘 수 있는 거죠? 나이프도 실체가 없는 물건일까요?

"에잇!"

후에코 씨가 그렇게 외치며 나이프를 휘두르자 제 옷소매가 찢어졌습니다. 반투명한 후에코 씨는 제게 물리적으로 위해를 가할 수 있어요!

위기일발입니다.

"어딜 가도 아무도 없어. 외톨이야."

후에코 씨가 로봇처럼 정확한 동작으로 나이프를 치켜 들며 말했습니다.

"네?"

"죽은 뒤에 그런 곳에 가다니, 외롭잖아?"

"무슨 말씀을 하시는 거예요?"

"인파를 싫어하는 사람이 죽으면 발 디딜 틈 없는 인파 속으로 가. 외톨이로 죽은 사람은 더 쓸쓸한 곳으로 가고. 당연히 싫겠지?"

"싫겠지만…… 그런 걸 어떻게 알아요?"

"알다마다. 가슴 한복판이 따끔거리면 절로 알 수 있어. 그래서 손님들하고 이 집에서 함께 지내고 싶은 거야. 너도 우리 레이나처럼 못된 동급생하고 같이 살긴 싫겠지?"

"쓸데없는 걱정이네요."

"건방진 소리를……. 그나저나 너, 내가 여기 있는 줄 용 케도 알았구나."

우도 씨를 연모하는 사랑의 힘 덕분입니다. 사랑의 힘을 결코 얕봐서는 안 돼요.

그런데 우도 씨가 이곳에 입주한 건 단순한 우연이었을
까요? 아니면 후에코 씨가 꾸민 일이었을까요?

"맞아. 우도 씨는 재미있는 곳에서 일하니까. 그 청년이
집을 찾고 있던 건 내게는 조금 행운이었지."

후에코 씨가 장난스럽게 집게손가락으로 뺨을 눌렀습
니다.

어쩐지. 역시 필름판《주마등》을 조작하려고 처음부터
우도 씨를 노렸던 거군요. 그런 줄도 모르고 이승과 저승의
경계에 있는 게르마 전기관에서 일한 우도 씨를.

"우도 씨에게는 손가락 하나 못 대게 할 거예요!"

제가 강하게 말하자 후에코 씨가 소리 없이 "싫. 은. 데."
라고 입을 벙긋거렸습니다.

후에코 씨가 휙 들어 올린 소매가 눈앞을 일직선으로 가
로질렀습니다.

"헉!"

서걱, 나이프가 얼굴 옆을 스치자 잘려 나간 머리카락이
흩날렸습니다.

도망치려다가 낡은 재봉틀 다리를 붙잡았더니 꽁꽁 얼
어붙은 금속에 손이 들러붙고 말았습니다.

"싫어. 뭐야, 이거!"

강렬한 냉기가 통증으로 변해 피부를 찔렀습니다.

"사람 살려!"

그렇게 외쳤을 때, 머리 위에서 누군가의 목소리가 들린 건 환청이었을까요?

아니요.

환청이 아니었어요, 부모님과 지배인, 히라이, 미사키 씨와 가논, 고령의 은막점 사장님까지 우르르 달려왔습니다.

가자마 도라타로 씨가 부인에게 이곳 위치를 알려 준 걸까요?

아니면 히라이가 연락해 준 걸까요?

이런 말은 실례지만 뜻밖의 활약입니다. 손뼉을 치고 싶었지만 한쪽 손이 재봉틀에 들러붙어 있어서 그러지 못했습니다.

실제로 얼어붙은 금속에 들러붙은 손의 통증과 추위가 시시각각 심해져서, 다시 "살려 줘!"라고 외치려는 순간 후에코 씨가 혀를 내밀어 주름에 파묻힌 입술을 축였습니다.

"오늘 다과회는 '손님'이 많아서 오랜만에 북적거리겠어!"

후에코 씨는 머리 위 구멍을 올려다보고, 꼼짝 못 하고 있는 저를 보더니 감격에 겨워 흥분한 목소리로 외쳤습니다. 몹시 들뜬 기색으로 기모노 위에 깜찍한 앞치마를 두르더니 허리끈을 묶으며 차를 준비하기 시작했습니다.

"그래, 스미레 양. 손님은 전부 몇 분이니?"

"으윽."

큰일 났습니다. 아군의 도착을 기뻐할 때가 아니었습니다.

저는 지하실 구석에서 이미 죽어서 얼어붙어 있는 '손님'들을 쳐다보았습니다. 그리고 자유롭지 못한 몸을 반대쪽으로 틀어서 구멍 밑을 들여다보고 있는 사람들을 올려다보았습니다.

"아무도 내려오면 안 돼요! 여기엔 원령이 있어요!"

"스미레. 다 큰 애가 남자 사는 집에 들어와서 무슨 소리를 하는 거니?"

어머니가 별것도 아닌 일로 화를 냅니다.

"나도 작년까지는 원령이었어……."

또 엉뚱한 소리를 한다 싶었는데 마리코 씨가 전에 보았던 벽 통과…… 아니, 바닥 통과 특기를 구사해 커피포트를 들고 곁으로 다가왔습니다.

"지금, 구해 줄게……. 힘내, 스미레……."

재봉틀 다리에 들러붙은 손이 미지근한 커피에 젖자 금세 성에가 녹아 자유를 되찾았습니다.

넓은 지하 냉동고에 다크 로스팅 커피의 진한 향기가 사

르르 퍼졌지만 냉기인지 영기인지 모를 무언가에 흡수되었
는지 금방 옅어졌습니다.

"아아, 가엾게도, 스미레. 차가웠지……."

마리코 씨가 아이를 달래듯 손을 문질러 주었습니다. 유
령의 차가운 손에 닿으면 다시 얼어붙을 것 같지만 마음만
큼은 훈훈해졌습니다.

한편 유령이 아닌 다른 사람들은 함정 밑으로 긴 사다리
를 내려보내려고 악전고투하고 있었습니다. 얼음장처럼 차
가운 지하실에 덜그럭덜그럭 쉴 새 없이 금속음이 울리니
듣기만 해도 추위가 증폭되는 기분입니다.

"아가씨, 이제 걱정 마쇼."

가장 먼저 내려온 사람은 화려한 옷차림의 은막점 사장
님이었습니다. 지긋한 나이인데 춥지도 않은 모양입니다. 소
파에 앉아 있는 세 구의 냉동 시체와 소녀 스미레의 감금이
라는 기이한 광경을 보고도 은막점 사장님은 한 발짝도 물
러서지 않고 후에코 씨를 막아서더니 시대극 같은 대사를
했습니다.

"이놈, 히라이 후에코. 네놈이 저지른 악행은 똑똑히 지
켜보았다."

은막점 사장님이 어떻게 후에코 씨를 알고 있는 걸까요?

후에코 씨가 짜증스럽다는 얼굴로 은막점 사장님을 올려다보았습니다.

"뉘신지 모르겠지만 잠시 기다려 주겠어요? 차 준비도 끝나 가니까요."

"아니. 당신, 나를 기억 못 하나? 오냐, 됐다. 소꿉놀이는 끝이다. 내가 확실히 성불시켜 주마!"

"차 준비를 하고 있다는 말 안 들려요?"

짜증이 북받쳐 나이프를 휘두르는 후에코 씨의 손을 은막점 사장님이 쉽사리 제압했습니다. 정말 눈부신 활약이었습니다.

동상 증세가 있는 손으로 박수를 보내는데 마리코 씨가 옆에서 맹한 목소리로 말했습니다.

"저기……."

"왜 그래? 게르마 전기관 안주인 양반."

은막점 사장님이 날카롭게 물었습니다.

"방해해서 미안해요……. 하지만, 긴 씨……. 코 옆의 점 말인데요, 좌우가 바뀌지 않았나요……?"

"어?"

은막점 사장님이 저희 쪽을 돌아보았습니다.

"얘기할 기회를 놓쳐서……."

어깨를 움츠린 마리코 씨가 "에헤" 하고 애교스럽게 웃었습니다.

"하지만 중요한 문제니까 언제 말할까 고민하다가……."

마리코 씨가 《주마등》을 보고 놀란 이유는, 자기가 아니라 마루코 씨가 약혼자였다는 점도 있지만 또 한 가지 중요한 발견 때문이었습니다.

술집에서 일하던 시절에 손님으로 왔던 은막점 사장님은 콧방울 왼쪽에 점이 있었습니다. 그런데 여기에 있는 은막점 사장님은 코 오른쪽에 점이 있습니다. 아까는 마루코와 마리코를 착각한 것을 바로잡느라 은막점 사장님의 점 문제를 언급할 타이밍을 놓쳤다는 겁니다.

"정말, 미안해요……."

이곳 아수라장에 있던 사람들이 휘둥그런 눈으로 눈치 없이 굴어 어쩔 줄 몰라 하는 마리코 씨를 쳐다보았습니다.

저는 은막점 사장님 쪽으로 시선을 돌렸습니다.

좌우가 바뀌었다는 커다란 점을 보고, 마치 분장으로 꾸민 것처럼 주름진 얼굴을 바라보다가…….

"아앗, 은막점 사장님 얼굴, 그 사람하고 똑같아요!"

"누구랑?"

은막점 사장님과 마리코 씨, 후에코 씨까지 일제히 한목소리로 물었습니다.

저는 대답하기 전에 슬쩍 은막점 사장님 코로 손을 뻗어 콧구멍만큼 커다란 점을 붙잡고 잡아당겼습니다.

"에잇!"

그러자 점이 쑥 빠져서 그만 "으아아악!" 하고 비명을 지르며 뒤로 자빠졌습니다.

"앗, 차가워!"

아, 이렇게 불행할 데가!

넘어진 반동으로 얼어붙은 재봉틀 다리에 또 손이 들러붙고 말았어요.

마리코 씨가 "어머나, 세상에……!"라고 외치면서 머리 위로 이어지는 사다리를 타고 올라갔습니다.

위층에서는 이리로 내려오려는 부모님을 지배인이 가로막고 있었습니다. 영감이 없는 부모님은 후에코 씨가 보이지 않으니 지하실에서 어떤 소동이 벌어지고 있는지 모릅니다.

마리코 씨가 그 사이로 휘리릭 빠져나갔습니다.

"오오. 마리코, 수고가 많아."

지배인은 자연스럽게 뒤로 물러났지만 유령을 보지 못하는 저희 부모님과 가자마 부부는 마리코 씨가 지나가자 "회오리바람이!"라며 법석을 떨었습니다.

그런 사람들을 뒤로하고 은막점 사장님이 주머니에서 수건을 꺼냈습니다. 한 손으로 후에코 씨를 붙잡고 다른 손으로 얼굴을 쓱쓱 문지르기 시작했습니다.

"은막점 사장님, 뭐 하시는 거예요?"

"잠깐 기다려 봐, 아가씨. 당신한테 들켰으니 가면을 벗어야지."

"가면이요?"

너무 박박 문질러서 뺨이 붉어지긴 했지만 주름투성이였던 노안이 순식간에 빼빼한 중년 아저씨로 탈바꿈했습니다. 심지어 입고 있던 옷자락을 붙잡고 힘껏 잡아당기자 16세기 독일 병사 옷차림 아래로 새빨간 연미복이 튀어나오지 않겠어요?

그야말로, Illusion.

"당신은……."

야마다 가세이 씨였습니다.

후에코 씨를 부르는 강령술 도중에 덜컥 죽어 버린 기도사.

일방통행인 저세상에서 스크린을 찢고 '돌아온 사람'.

그런 사람이 은막점 사장님 노릇을 하고 있었다니.

"야마다 가세이 씨, 훌륭해요. 홀랑 속아 넘어갔어요."

제가 감탄하는 사이 마리코 씨가 다시 커피를 들고 내려왔습니다.

그냥 따뜻한 물이면 되는데 굳이 커피를 끓여 온 것을 보면 마리코 씨도 영리한 건지 맹한 건지 잘 모르겠습니다.

"뭐라고! 어찌 된 영문이야!"

마리코 씨가 다시 저를 구출해 주는 동안 머리 위 구멍에서 지배인이 분통을 터뜨렸습니다. 지배인 입장에서 야마다 가세이 씨는 얄미운 도주범이니 그럴 만도 했습니다.

"내가 어떻게 알아!"

가세이 씨에게 팔을 붙들려 꼼짝달싹 못 하고 있는 후에코 씨도 날카롭게 되받아쳤습니다.

"저기, 제가 설명해도 될까요?"

저는 마리코 씨가 떼어 준 손을 감싸며 살짝 연극적으로 팔짱을 꼈습니다.

"실은 이렇게 된 일이에요."

먼저 조금 전에 일어난 일.

후에코 씨가 저지르는 영적 현상을 두려워한 히라이 가족은 기도사 야마다 가세이 씨에게 강령술을 의뢰했습니다. 후에코 씨가 살아 있을 때 보살피지 않았던 것을 사과하고 '부디 마음을 풀고 성불해 주세요'라고 부탁하려 했습니다.

하지만 가세이 씨가 강령술 도중 갑작스러운 병으로 사망하고 말았습니다.

후에코 씨는 죽기 전에 이런 대규모 장치를 마련할 정도로 생전의 삶과 손님들에게 집착이 강했으니, 어차피 가세이 씨가 강령술을 끝까지 마쳤어도 《주마등》 건너편에 있는 세계로 가진 못했겠지요.

"원령이니까 성불하지 못하는 거네……."

"맞아요."

실제로 육신을 잃은 후에도 후에코 씨는 부지런히 다과회 손님을 모집했습니다.

가장 초대하고 싶었던 손녀가 겁만 내고 거들떠보지도 않자, 후에코 씨의 원념은 날로 강해졌습니다.

야마다 가세이 씨는 그런 후에코 씨를 내버려두고 혼자서만 성불할 수는 없다는 생각에 돌아온 것입니다. 심야 상영이 있었던 밤, 게르마 전기관 2관의 스크린을 뚫어 가면서…….

"이놈, 괘씸한 짓을!"

위층 구멍에서 지배인이 소리쳤습니다.

지배인은 저희 부모님을 위에 붙들어 두는 데 성공하고, 이어서 넋이 나간 우도 씨를 다그쳐서 커다란 짐을 내려보내려고 고군분투하고 있었습니다.

그런 지배인을 올려다본 가세이 씨가 난처해하며 웃음으로 얼버무리려 했습니다.

"저도 그 후로 얼마나 고생했는데요."

은막점 사장님 분장을 지워서 그런지 가세이 씨는 평소 말투로 변명했습니다.

게르마 전기관 스크린을 통해 이쪽 세상으로 불법 귀환한 가세이 씨는 원령이 된 후에코 씨의 흔적을 좇아 유족 주위를 살폈지만 사람들에게 겁만 주고 별다른 성과는 얻지 못했습니다.

히라이가 여러 차례 무서운 경험을 한 것은 후에코 씨 행동도 하나의 원인이지만 가세이 씨가 주위를 어슬렁거린 탓도 있었던 모양입니다.

가세이 씨는 후에코 씨가 생전에 살던 집도 관찰했습니다.

거기서 후에코 씨가 임차인 우도 씨에게 빙의해 있다는 사실을 알게 되었습니다. 게르마 전기관 직원에게 씌어 있었으니 가세이 씨도 깜짝 놀랐습니다.

"후에코 씨는 자기 죄가 기록된 《주마등》을 조작하려고 우도 씨에게 빙의했던 거예요. 하지만 아무리 우도 씨라도 디지털 시네마 쪽은 편집하지 못할 텐데."

“디지털 시네마? 그게 뭐죠?”

미간을 찌푸리는 후에코 씨를 무시하고 가세이 씨가 투덜거렸습니다.

“탈주자에게 게르마 전기관은 무시무시한 장소거든.”

확실히 가세이 씨에게 게르마 전기관은 귀문(鬼門)이나 다름없습니다. 실제로도 게르마 전기관 지배인이 눈에 불을 켜고 가세이 씨를 찾고 있었으니까요.

그렇지만 가세이 씨는 게르마 전기관에서는 지배인 한 사람만 경계하면 된다는 것을 간파했습니다.

후에코 씨가 빙의한 우도 씨는 말하자면 적의 수하니까요.

나머지 사람들, 마리코 씨와 저 구스모토 스미레는 도리어 이용할 수 있는 상대라고 생각했겠지요.

“그래시 은막점 사장으로 변장해서 ‘플러스 1번지 동네’에서 저희를 기다리고 있었던 거군요. 연예계에서 갈고닦은 실력에 감쪽같이 속았어요.”

“자기가 찢어 버린 스크린을 수리하는 기술자인 척하다니, 악질이야.”

지배인이 투덜거렸습니다.

“하지만 가세이 씨. 그런 번거로운 과정 없이 곧장 후에코 씨에게 접근하면 되는 것 아니에요?”

제가 물어보자 가세이 씨가 뺨에 남은 화장 얼룩을 손가락으로 닦아 내며 말했습니다.

"어설프게 접근하면 저 사람이 위험했거든."

가세이 씨가 짐을 짊어지고 사다리를 내려오는 우도 씨를 손가락으로 가리켰습니다. 방금 전까지 후에코 씨에게 빙의되어 있어서 그런지 아직 표정이 조금 흐리멍덩합니다.

"그래서 영시(靈視) 능력이 있는 네가 소동을 일으켜서 할머니가 저 남자한테서 떨어질 때를 기다렸어. 게르마 전기관에서는 네게 살짝 빙의하기도 했고."

"어머나."

제가 유령을 보는 줄은 어떻게 알았을까요? 혹시 학교까지 따라와서 반에서 아이들에게 무시당한 것까지 봤을까요? 아니면 제 이력서를 몰래 읽은 걸까요? 그건 사생활 침해인데요.

"아니, 거기 미인 유령이랑 친구 같았으니까."

아아, 과연, 맹점이었네요.

동상에 걸린 손으로 손뼉을 치며 "아야, 아야" 하고 호들갑을 떠는 저를 보고 사다리에 매달려 있던 지배인이 "아무리 그래도 그렇지, 자네!"라며 여전히 화를 냈습니다.

제각기 다른 저희 반응에도 아랑곳없이, 가세이 씨는 저

항할 기력을 잃은 후에코 씨의 손을 다시 잡고 "으음, 에헴"
하고 헛기침을 했습니다.

"그럼 여러분. 지금부터 '영혼 보내기' 의식을 거행하고
자 합니다."

가세이 씨의 엄숙한 목소리가 지하 냉동고에 낭랑하게
울려 퍼지자, 붙들린 후에코 씨가 노구를 비틀며 애처롭게
"싫어, 싫어"라고 중얼거렸습니다.

하지만 가세이 씨는 봐주지 않았습니다.

"영혼이 지나갈 길을 만들겠습니다. 이 집 현관문을 열
어 주십시오."

가세이 씨는 가논에게 통역을 부탁해 위층 구멍을 둘러
싸고 있는 저희 부모님과 가자마 부부에게 지시를 내렸습니
다. 유일하게 가논만 유령인 가세이 씨의 모습도 볼 수 있고
목소리도 들을 수 있었습니다.

"물을 막고 있는 덮개를 전부 열어 주세요. 배수구 뚜껑
도요. 전부 여세요."

'영혼 보내기'의 절차가 그렇다고 합니다.

마을 축제 가수처럼 빨간 연미복을 입고 있지만 역시 정
식 기도사의 박력은 사람들을 압도했습니다. 냉동고의 냉기
조차 몰아내고, 세 명의 피해자가 죽어 있는 응접세트 쪽에

감도는 애통한 기운도 씻어 낸 것 같았습니다.

이어서 가세이 씨는 어디서 꺼냈는지 긴 염주를 요란하게 굴리기 시작했습니다. 그러더니 마치 외국어 같은 주문을 쩌렁쩌렁 읊조립니다.

"삼야(*三夜, 음력 초사흘의 초승달) 님께 비나이다…… 보내옵니다…… 떠나보내옵니다."

복식 호흡으로 발성하는 축문이 공기에 녹아들어 주위로 가득 퍼져 나갑니다.

"아아……."

후에코 씨는 조용히 고개를 떨구었습니다.

"보내옵니다…… 떠나보내옵니다……."

축문이 최고조에서 문득 끊긴 순간.

후에코 씨가 천천히 고개를 들었습니다.

"언제까지 그러고 있을 거예요? 어서 함께 차나 마셔요."

후에코 씨가 도끼눈을 치뜨고 웃고 있었습니다.

자유로운 한쪽 손으로 달카닥, 내용물이 얼어붙은 포트의 뚜껑을 닫습니다.

그게 어떤 신호였을까요? 멀리서 현관문이 닫히는 소리가 났습니다.

배수구를 비롯해 가세이 씨의 지시로 열어 두었던 모든

통로로 뭔가가 빨려 들어가면서 덜컥덜컥 구멍이 막히는 소리가 났습니다.

동시에 부모님이 들여다보고 있던 지하실로 통하는 구멍도 굉음과 함께 닫혀 버리고 말았습니다.

끙끙거리며 무슨 기계를 내려놓은 지배인이 멍하니 서 있는 우도 씨와 부딪쳤습니다. 기계를 감싸려던 지배인은 결국 기계와 우도 씨 밑에 깔려서 "꽥!" 하고 낮은 비명을 질렀습니다.

가세이 씨가 그쪽에 정신이 팔린 틈을 타서 후에코 씨가 그 손아귀에서 쑥 빠져나갔습니다.

닫혀 버린 구멍 위에서 부모님과 가자마 가족이 고래고래 저희를 불렀습니다.

"어서 함께 차를 미셔요. 어서 함께 차를 마셔요. 어서 함께……."

한편 같은 말만 되풀이하는 후에코 씨는 망가진 기계 같았습니다. 앉아 있던 세 명의 손님을 걷어차 자리를 비우더니 춤 동작 같은 몸짓으로 다과를 차리기 시작했습니다.

손에는 나이프를 쥐고 있습니다.

"겨우 다과회 준비를 마쳤어요. 여러분, 어서 이쪽으로 오세요."

“…….”

우도 씨가 부르는 대로 휘청휘청 테이블로 다가갑니다.

저는 빈 커피포트를 피구 공처럼 우도 씨의 등에 집어 던졌습니다.

“우도 씨, 가까이 가면 안 돼요! 또 홀리면 안 돼요!”

앞으로 고꾸라진 우도 씨에게 태클을 걸면서 크게 소리쳤습니다.

바로 그 순간 주변 조명이 꺼져 버리는 바람에 지하 냉동고에 있던 여성들, 저와 마리코 씨, 심지어 후에코 씨까지 비명을 질렀습니다.

하지만 빛은 금세 돌아왔습니다.

드르륵드르륵, 귀에 익은 소음이 들린다 싶더니 원뿔 모양의 빛이 벽에 꽂혔습니다.

지배인이 우도 씨에게 운반하게 한 것은 영사기였습니다.

사무실 계단 밑에 위태롭게 놓아두었던 소중한 벨 앤 하우엘 영사기입니다.

영사 기사의 영혼이나 다름없는 영사기의 소음과 필름 냄새 때문일까요? 우도 씨가 평소의 눈빛을 되찾았습니다. 아니, 엄청나게 시끄러운 영사기에서 흘러나온 영상이 이 자리를 지배하는 사람들의 역학 관계에 영향을 준 건지도 모릅니다.

필름 영상은 《주마등》이었습니다.

지하 냉동고의 벽에 따스한 다과회 풍경이 비쳤습니다.

가논만큼이나 어린 소녀가 나왔는데, 뺨에 크림을 묻혀가며 케이크를 입에 가득 머금고 있었습니다.

소녀의 정체는 어린 시절의 히라이 레이나였습니다.

밝은색 퍼프소매 원피스를 입고 요정처럼 뛰어다니다가 할머니 무릎에 매달렸습니다.

'할머니, 항상 곁에 있을 거지?'

'레이나가 그렇게 말해 주는 동안에는 그럴게.'

달칵…….

후에코 씨의 영혼이 테이블 위에 나이프를 내려놓았습니다.

"우리 레이나도 저 때는 정말 귀여웠단다."

그것이 후에코 씨 영혼이 남긴 마지막 말이었습니다.

후에코 씨는 바닥에 쓰러져 있는 세 명의 외판원 사이를 지나 벽에 비친 영상으로 다가가더니 완전히 투명하게 변해 사라졌습니다.

마찬가지로 후에코 씨와는 다른 《주마등》을 보고 있던 야마다 가세이 씨는 어땠는가 하면…….

자신의 인생 회상보다 후에코 씨가 무사히 여정에 올랐는지 확인하고는 "아이고야" 하며 어깨를 풀었습니다. 그리고 붉은 연미복 자락을 휘날리며 공손히 허리를 숙였습니다.

"여러분, 제가 했던 말을 정정하겠습니다. 진짜 은막점 사장은 마루코 다미에와 행복한 인연을 맺었다고 합니다. 둘이서 하와이로 건너가 어묵 가게를 하고 있습니다. 열심히 돈을 모아서 꼭 한번 드셔 보세요."

하, 하, 하.

옛날 영웅처럼 드높이 웃어 젖히더니 가세이 씨도 떠나 버렸습니다.

아아, 다행이야.

저는 온몸이 떨릴 정도로 안도했지만, 사실 안도가 아니라 추위 때문이었습니다. 얼음 결정처럼 차가운 졸음이 몸속에 맺히는 것 같았습니다.

"스미레 양, 일어나! 잠들면 얼어 죽어!"

지배인이 소리를 지르니 꽁꽁 얼어붙은 달리 콧수염이 빠드득 소리를 내며 흔들렸습니다.

그게 우스워서 "꺄하하!" 하고 웃다가 다시 잠들려는 순간, 정말 중요한 문제를 깨닫고 눈을 번쩍 떴습니다.

"마리코 씨!"

냉동고 얼음보다 차가운 마리코 씨에게 매달려 몽롱한 의식을 쥐어짜서 외쳤습니다.

"마리코 씨, 이렇게 헤어지면 안 돼요!"

마리코 씨의 서글픈 시선 끝에서 《주마등》이 바야흐로 엔딩을 맞이하고 있었습니다.

마리코 씨의 커다란 눈에서 눈물이 주르륵 흘러내렸습니다. 유령이라 그런지, 그 눈물은 제 콧물이나 지배인의 콧수염처럼 얼어붙지 않고 뺨을 타고 아름답게 흘러내렸습니다.

"추억은 몇 번을 봐도 눈물이 나네……."

마리코 씨는 연애 영화를 본 사람처럼 두 손으로 눈물을 닦더니 코를 훌쩍였습니다. 그러더니 사라질 기미가 없는 자기 모습을 굽어봅니다.

"어라, 왜 이러지. 성불할 생각을 안 하네……. 저는 정말 영감이 없나 봐요……."

아니에요.

마리코 씨는 이런 식으로 헤어지면 안 되는 사람이라서 남은 거예요.

얼마 뒤 제 부모님과 가자마 부부가 함정 출구를 힘으로
열고 저희를 구출해 주었습니다.

저는 코감기에 걸려서 며칠 동안 이불 신세를 졌어요.

지배인과 우도 씨도 같은 처지라, 게르마 전기관에 모두
모인 것은 그로부터 일주일 뒤였습니다.

9
수다쟁이, 이상형

영사기가 돌아가자 창 너머로 영화가 시작되었습니다.

지배인과 마리코 씨가 객석에서 영화관 황금기의 연인들처럼 어깨를 맞대고 사이좋게 스크린을 바라보고 있습니다.

유난히 공들여 다듬은 지배인의 달리 콧수염이 얼굴 밖으로 비어져 나와 있습니다.

무슨 심리인지 면접용 정장에 단정한 검은색 단화를 신은 마리코 씨는 마치 취업 면접장에 가는 여대생 같은 옷차림이었습니다. 별로 어울리지 않지만 본인 말로는 "나들이옷은 이것뿐이야……"라고 합니다.

그래도 지배인이 선물한 붉은 장미 꽃다발을 품에 안으니 무척 화사해 보입니다. 저희가 입을 모아 칭찬해서 마리코 씨는 아침부터 만족스러운 눈치였습니다.

닳아빠진 벨벳 등받이 너머로 낮게 틀어 올린 마리코 씨의 머리가 보입니다. 그 옆얼굴을 힐끔힐끔 쳐다보느라 지배인의 달리 콧수염이 살랑거립니다.

스크린에 나오는 영상은 《주마등》.

다른 사람들이 어떤 《주마등》을 보고 있는지 저는 모릅니다.

제 눈에는 어색한 분위기의 저희 집 거실이 보입니다. 가자마 도라타로 씨가 돌아온 덕분에 부모님은 간신히 이혼 위기에서 벗어났습니다. 그렇다고는 해도 일상 대화가 거의 교과서 낭독 수준이라 몹시 거북한 나날을 보내고 있습니다.

한편 히라이 후에코 씨가 살던 저택의 지하 냉동고에서 나온 시체를 경찰에서 수사하기 시작했습니다.

후에코 씨 유령의 소행이나, 가세이 씨의 조금 유별난 활약은 어찌 됐든 간에 악덕 외판원의 실태와 그들이 휘말린 살인 사건의 진상은 차차 드러나겠지요.

가자마 도라타로 씨는 아내와 딸 곁으로 돌아갔습니다.

도라타로 씨는 경찰에 불려가 생전 후에코 씨와 어떤 관계였는지 이것저것 질문을 받는 모양입니다. 집에는 여전히 '미카 인형'이 산더미처럼 쌓여 있고, 미사키 씨는 밤낮으로 일하고 있습니다.

그래도 집에 도라타로 씨가 있어서 게르마 전기관을 탁아소로 쓰는 일도 사라졌습니다. 다행이라 생각하면서도 게르마 전기관 직원들은 모두 아쉬워했습니다. 오늘 아침 도라타로 씨와 함께 극장에 들른 가논은 "아빠가 돌아와서 기뻐요"라고 말하며 품에 안은 '미카 인형'에 뺨을 비볐습니다.

"아빠랑 경찰서에 가는 길이야."

도라타로 씨의 사정 청취가 끝날 때까지 어쩌면 경찰서가 탁아소 역할을 할지도 모릅니다.

그런 연유로 저희 아버지와 미사키 씨는 헤어졌습니다.

또 한 가지, 그런 연유로…… 히라이네 집에서는 마른하늘에 날벼락 같은 소동이 벌어졌습니다.

정작 소동을 일으킨 후에코 씨는 《주마등》을 보고 스크린 너머 세계로 떠나 버렸지만 생전에 저지른 죄는 친척들과 함께 이 세상에 남았습니다. 참으로 심각한 문제입니다.

히라이는 후에코 씨의 경찰 조사가 세상에 알려지기 전에 이사를 가 버렸습니다.

거처는 알려 주지 않았지만 메시지를 한 통 받았습니다.

수신: 구스모토

제목: 도와줘서 고마워

너 때문에 별일을 다 겪었지만 화난 건 아니니 신경 쓰지 마. 왠지 날 오해하는 것 같아. 그게 좀 아쉽달까? 할머니 일은 이제 됐어. 나도 앞으로 이것저것 공부해 볼게.

의도를 파악할 수 없어서 메시지를 외고모할머니에게 살짝 보여 드리며 어쩌면 좋을지 의논했습니다.

외고모할머니는 살짝 나프탈렌 냄새를 풍기는 소매를 들어 올려 손으로 턱을 짚으며 "흥" 하고 작게 웃었습니다.

"모든 사람과 서로를 간단히 이해할 수 있다고 생각하면 안 돼. 언젠가 서로 지금과는 마음이 달라질 때도 있단다."

"네?"

조언에 대한 답례로 나나에 이모가 빌려준 여우원숭이 사진집을 보여 드렸습니다. 두 분은 모녀 사이인데 성격이 너무 비슷해서 나나에 이모가 살아 계셨을 때는 화산이 폭발하듯 자주 충돌하곤 했습니다.

하지만 나나에 이모가 돌아가시고 나서 외고모할머니가 딴사람이 된 것처럼 풀이 죽었다는 사실은 구스모토가 사람이라면 누구나 알고 있습니다. 외고모할머니가 당시의 낙

담을 극복한 계기는 천국의 나나에 이모가 그곳에서 보낸 소포 덕분이라나, 전화 덕분이라나, 그런 전설이 지금도 그럴싸하게 돌고 있습니다.

"괜찮으시면 외고모할머니가 갖고 계시겠어요?"

소중한 유품인 사진집을 건네자 외고모할머니는 "흐흥, 흐흐흐흥" 하고 요란하게 코웃음을 쳤습니다.

"그 애도 이런 깜찍한 면이 있었구나. 너하고 이런 책을 몰래 돌려 봤다니."

외고모할머니는 한참이나 페이지를 뒤적이며 남쪽 섬에 사는 원숭이 사진을 바라보더니 제게 돌려주었습니다.

"이건 그 애가 네게 남긴 거니 네 물건이야."

우도 씨는 다른 집으로 이사를 갔습니다.

히라이 후에코 씨의 유령에 쓰어 있었다는 사실은 경찰에서 문제 삼지 않았지만 우도 씨가 살던 집이 살인 현장인 동시에 시체 유기 현장이고, 중요한 증거물이라 전처럼 살 수는 없었습니다.

우도 씨가 새로 이사한 곳은 역 뒤편 3번지, 즉 '플러스 1번지 동네'에 있는 아파트입니다. 다다미 넉 장 반짜리 단칸방이었는데 부엌과 화장실은 공용, 보증금도 수수료도 필요 없는 오래된 매물이라 게르마 전기관의 쥐꼬리 월급으로도 수월하게 들어갈 수 있었다고 합니다.

'플러스 1번지 동네'에는 우도 씨가 좋아하는 재개봉관이 많아서 저는 속이 탔습니다.

혹시나 그쪽으로 가 버리면 어쩌나 걱정했는데, 우도 씨는 의외로 집 근처 재개봉관에는 관심이 없다고 했습니다.

"어디까지나 현역 재개봉관이 내 취향이야. 만약 게르마 전기관이 문을 닫으면 다른 재개봉관을 찾아야겠지만."

일본 전국, 그 어디라도, 마지막 한 곳까지, 우도 씨는 자기가 있을 자리를 찾아다니겠답니다.

제가 있을 자리는, 당신 곁이에요. ……그런 말을 하기엔 저는 아직 너무 소심합니다.

영사창으로 《주마등》을 바라보는 두 사람의 모습이 보입니다.

마리코 씨는 어떤 광경을 보고 있을까요?

지배인은 어떤 광경을 보고 있을까요?

지배인은 이윽고 꾸벅꾸벅 졸기 시작했지만 마리코 씨는 화면에서 눈을 떼지 못하고 손수건으로 자꾸 눈가를 훔쳤습니다. 지금 제가 보는 스크린에는 누군가의 《주마등》이 아니라 그런 두 사람의 얼굴이 비치고 있습니다.

쉴 새 없이 울고 웃던 마리코 씨가 문득 시선을 들었습니다. 스크린 속 마리코 씨가 영사창으로 보고 있는 저와 눈길을 맞추더니 가녀린 손을 흔들었습니다.

"아."

저도 똑같이 손을 흔듭니다.

"바이 바이, 스미레……."

모니터 스피커에서는 아무 소리도 들리지 않았습니다. 하지만 마리코 씨는 분명히 저를 향해 그렇게 말했습니다.

깊이 심호흡을 했을 때, 마리코 씨의 모습은 사라지고 없었습니다. 객석에서도, 스크린에서도, 마리코 씨는 사라졌습니다.

화면 중앙에 하얀 고딕체로 'END'라는 글자가 떠오르자 지배인이 기지개를 켜며 일어났습니다. 옆자리에 남아 있는 장미 꽃다발을 어리둥절한 표정으로 집어 들더니 저를 향해 손을 흔들었습니다.

"스미레 양, 소지품을 두고 간 손님이 계신 모양이야. 아직 있을지도 모르니까 로비 좀 살펴봐."

지배인이 확성기처럼 한 손을 둥글게 말고 목소리를 높였습니다.

"아아. 오랜만에 객석에 앉았더니 깜빡 졸아 버렸네."

《주마등》이 지배인의 머릿속에서 마리코 씨에 대한 기

억을 지워 버린 걸까요? 그렇다면 이번 소동을 지켜보고 있던 신이 배려해 준 건지도 모릅니다. 그 신은 분명 마리코 씨가 여기서 몰래 살았던 걸 알고 있었을지도 모릅니다.

"우도 씨, 저랑 끝말잇기 해요."

뒤를 돌아보니 우도 씨가 필름을 감는 작업을 멈추고 고개를 들었습니다.

"불우."

우도 씨가 귀찮다는 듯이 대꾸합니다.

"우도."

재빨리 대답하자 우도 씨가 질 수 없다는 표정으로 말했습니다.

"도로아미타불."

"불루수."

"수다쟁이."

"이상형."

저는 필름 냄새와 함께 코로 빨아들인 공기를 가슴에 한껏 채웠다가 천천히 내뱉었습니다.

"우도 씨. 저, 내일부터 학교에 갈 거예요."

"응."

우도 씨가 "파이팅, 파이팅"이라고 말하며 주먹을 붕붕 휘둘렀습니다.

"에헤헤……."

저는 사무실로 내려가 지배인에게서 꽃다발 분실물을 건네받았습니다. 인스턴트커피가 들어 있던 빈 병을 씻어서 꽃을 꽂아 로비에 장식했습니다. 그런 다음 설탕과 우유를 듬뿍 넣은 커피를 마시며 지배인을 위해 아주 조금 울었습니다.

고등학생 때 공부라고는 하지 않고 대학에 떨어져도 그 런가 보다, 깊이 생각하지 않고 직장을 전전해서 고생을 많 이 했다.

"어떤 사람이 코를 막고 이상한 목소리로 다른 사람 이 름으로 전화를 걸었거든요. 자긴 줄 모를 거라고 생각했다 는데, 믿어지세요? 네, 믿어지시나요?"

어느 문학상 파티 뒤풀이에서 나는 회사원 시절의 고생 담을 늘어놓고 있었다.

"그때 겪은 일이 지금까지도 꿈에 나와요. 그런 게 바로 트라우마죠."

들고 있던 두 사람은 퐁뒤치즈를 먹으며 싱글싱글 웃었다.

"듣는 입장에서는 재미있기만 한데."

"그러게요, 웃겨요. 재미있네요."

"아, 치킨 드실래요?"

"으음, 재미있다고요? ……으음, 주세요."

상황에 따라서는 고뇌도 이야깃거리가 되어 버리는 모양이다.

《환상 영화관》은 《환상 전기관》이라는 제목으로 2012년 4월에 단행본으로 나왔다. 전작 《환상 우체국》 마지막 부분에서 주인공 아즈사와 원령 마리코 씨가 나눈 대화가 집필 계기였다.

"앞으로 어쩔 거야? 도텐 우체국이 없으면 성불 못 하는 것 아니야?"

"그렇지도 않아. 오토히메시 역 뒤편에도 비슷한 곳이 있다나 봐. 거기는 우체국이 아니라 영화관이라는데……."

이 부분을 쓰면서 '마리코 씨 성격에 분명 순순히 성불할 리 없겠지. 또 이상한 사람한테 반해서 이상한 사건에 휘말릴 게 뻔해'라고 생각했다.

담당 편집자인 가지 씨에게 그 얘기를 했더니 바로 "한번 구상해 보시겠어요?"라고 제안해 주었다.

그렇게 '샛길로 빠진 마리코 씨 이야기'는 뜻밖에도 순조롭게 진행되어 1년 뒤에는 책으로 나왔고, 이번에 또 문고판으로 나왔다.

"독자 여러분, 고단샤 여러분, 정말 고맙습니다!

가상 캐릭터지만 여러분 덕분에 이 작품에서 유령 마리코 씨가 무사히 성불할 수 있었습니다!"

그런데 《환상 영화관》의 주인공은 마리코 씨가 아니라 구스모토 스미레라는 여고생이다.

전작에서 친구가 없다고 한탄하던 마리코 씨를 친구로 사귀고 싶어 하는, 사랑스러우면서도 조금 별난 아이다.

……별난 사람과 인생의 고뇌는 종종 세트로 찾아온다.

내가 회사원으로 일했을 때 그랬듯, 스미레도 지금 있는 자리에 적응하지 못하고 고민하고 있다. 곱게 자란 아가씨라 묘하게 태평하면서도 엉뚱한 아이다. 그런 고민을 역으로 이용해 첫사랑이 다니는 직장에 아르바이트생으로 들어가는 당찬 구석도 있지만.

등교를 거부하던 스미레는 그렇게 아르바이트로 도피했다.

이 '도피'라는 행위는 현실 문제에 있어 꼭 나쁜 일은 아니다. 그렇지 않으면 과거에 내가 그랬듯 스트레스가 몸에 퍼져서 잠을 자도 악몽을 꾸고, 깨어나서도 두통을 앓을 수 있다. 경우에 따라서는 훨씬 더 심각한 상태에 빠질지도 모른다.

"도저히 침을 수 없다면 도망쳐!"

이것이 바로 이 작품에 담은 핵심 메시지다.

물론 스미레의 진정한 시련은 그렇게 도피한 게르마 전기관에서 시작되지만.

하지만 그곳에는 좋은 사람들도 있고, 이상형도 있어서, 스미레는 원래 실력을 능가하는 일도 해낸다. 그런 고난을 코미디로 쓴 이유는 밝은 이야기를 쓰고 싶기도 했지만 역시 고생담은 웃으며 이야기할 수 있을 때 승화된다고 생각했기 때문이다.

"도저히 참을 수 없다면 도망쳐!" 다음에 올 말은 바로 이것이다.

"홈에서 이긴 다음 원정에 나서면 돼!"

그러니 각자의 일상에 맞서고 있는 독자 여러분께서는 게르마 전기관에서 아르바이트하는 스미레의 악전고투를 즐겁게 읽어 주시길 바란다.

그리고 이 코믹한 고생담을 통해 잠시나마 쉬어 가기를.

여러분이 내일부터 맞설 홈 경기, 혹은 원정 경기에 조금이라도 도움이 되기를.

진심으로 기원합니다!

2013년 5월

호리카와 아사코

옮긴이 | **김선영**

다양한 매체에서 전문 번역가로 활동했으며 특히 일본 미스터리 문학에서 왕
성한 활동을 하고 있다. 옮긴 책으로는 요네자와 호노부 '고전부 시리즈', '소시
민 시리즈', 《흑뢰성》, 미나토 가나에 《고백》, 《인간 표본》, 야마시로 아사코 《엠
브리오 기담》, 아리스가와 아리스 《쌍두의 악마》, 야마구치 마사야 《살아 있는
시체의 죽음》, 사사키 조 《경관의 피》, 오구리 무시타로 《흑사관 살인사건》, 히
가시노 게이고 《가공범》 등이 있다.

환상 영화관

초판 1쇄 발행 2026년 4월 16일

지은이 호리카와 아사코
옮긴이 김선영

펴낸이 허정도
편집장 박윤희
책임편집 이연수 **디자인** 김지연
마케팅 신대섭 김수연 배태욱 김하은 이영조 **제작** 조화연

펴낸곳 주식회사 교보문고
등록 제406-2008-000090호(2008년 12월 5일)
주소 경기도 파주시 문발로 249(10881)
전화 대표전화 1544-1900 **주문** 02)3156-3665 **팩스** 0502)987-5725

ISBN 979-11-7061-369-5 (04830)
ISBN 979-11-7061-282-7 (set)

- 책값은 표지에 있습니다.